光文社文庫

文庫書下ろし／長編時代小説

寵臣《ちようしん》

鬼役 十三

坂岡 真

KOBUNSHA

光 文 社

この作品は光文社文庫のために書下ろされました。

目次

※巻末に鬼役メモあります

幕府の職制組織における鬼役の位置

- 将軍
  - 大老（臨時で置かれる）
  - 老中
  - 京都所司代
  - 側用人
  - 大坂城代
  - 寺社奉行
  - 奏者番
  - 若年寄
    - 書院番頭
    - 小姓組番頭
    - 林大学頭
    - 小普請奉行
    - 西丸留守居
    - 百人組頭
    - 新番頭
    - 目付
    - 徒頭
    - 小納戸
    - 奥右筆組頭
    - 表右筆組頭
    - **膳奉行**
    - 賄頭
    - 小石川御薬園預
    - 鳥見
    - 大坂定番

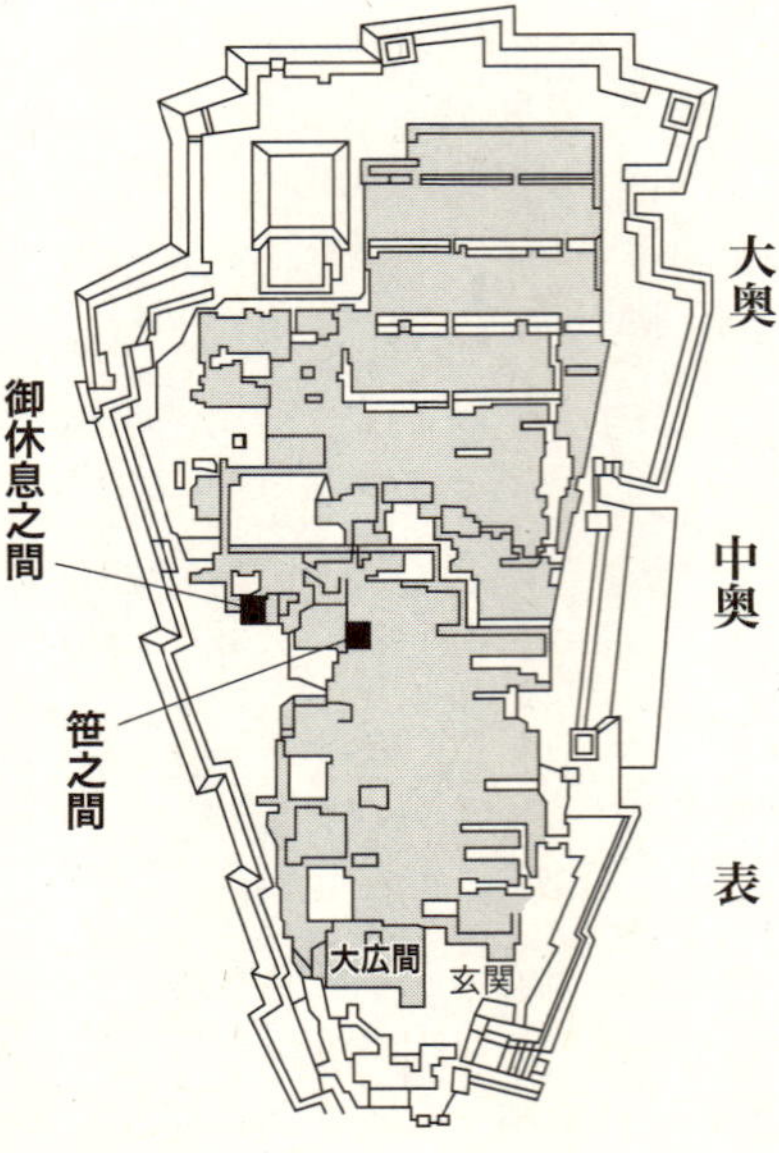

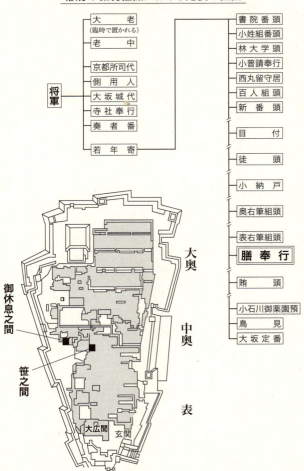

鬼役はここにいる!

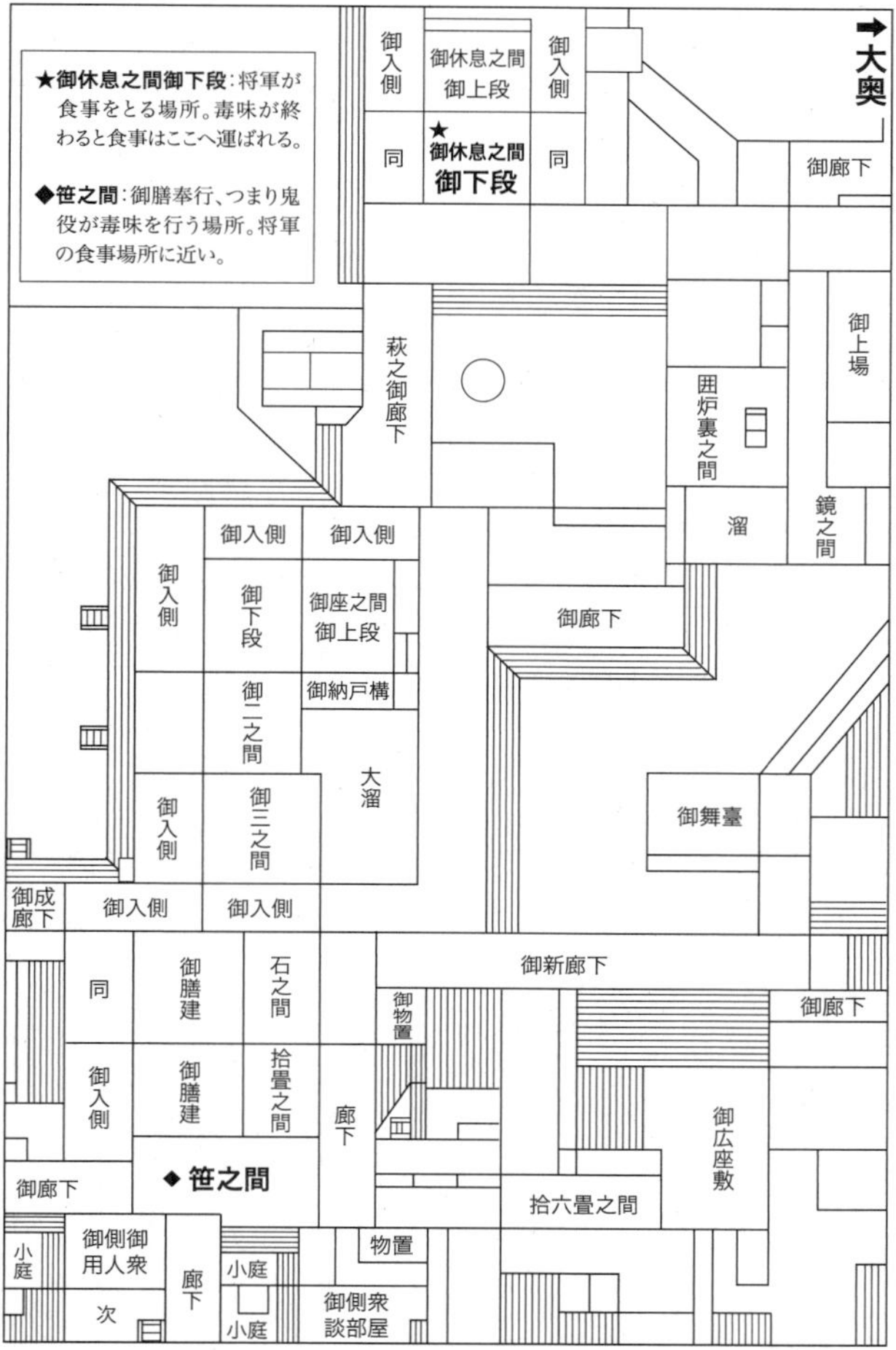
★御休息之間御下段：将軍が食事をとる場所。毒味が終わると食事はここへ運ばれる。
◆笹之間：御膳奉行、つまり鬼役が毒味を行う場所。将軍の食事場所に近い。
大奥
御入側
御休息之間
御上段
御入側
同
★御休息之間
御下段
同
御廊下
萩之御廊下
御上場
囲炉裏之間
溜
鏡之間
御入側
御入側
御入側
御下段
御座之間
御上段
御廊下
御納戸構
御二之間
大溜
御入側
御三之間
御舞臺
御成廊下
御入側
御入側
同
御膳建
石之間
御新廊下
御物置
御廊下
御入側
御膳建
拾畳之間
廊下
御広座敷
御廊下
◆笹之間
拾六畳之間
御側御用人衆
廊下
小庭
物置
小庭
次
御側衆談部屋
小庭

主な登場人物

矢背蔵人介……将軍の毒味役である御膳奉行。またの名を「鬼役」。お役の一方で田宮流抜刀術の達人として幕臣の不正を断つ暗殺役も務めてきたが、指令役の若年寄・長久保加賀守に裏切られた。その後、御小姓組番頭の橘右近から再び暗殺御用を命じられている。

志乃……蔵人介の養母。薙刀の達人でもある。

幸恵……蔵人介の妻。徒目付の綾辻家から嫁いできた。蔵人介との間に鐵太郎をもうける。弓の達人でもある。

鐵太郎……蔵人介の息子。いまは蘭方医になるべく、大坂で修業中。

卯三郎……納戸払方を務めていた卯木卯左衛門の三男坊。わけあって天涯孤独の身となり、矢背家の養子となる。

綾辻市之進……幸恵の弟。真面目な徒目付として旗本や御家人の悪事・不正を糾弾してきた。剣の腕はそこそこだが、柔術と捕縄術に長けている。

串部六郎太……矢背家の用人。悪党どもの臑を刈る柳剛流の達人。長久保加賀守の元家来だったが、悪逆な遣り口に嫌気し、蔵人介に忠誠を誓う。

土田伝右衛門……公方の尿筒持ち役を務める公人朝夕人。その一方、裏の役目では公方を守る最後の砦。武芸百般に通じている。

橘右近……御小姓組番頭。蔵人介のもう一つの顔である暗殺役の顔を知る数少ない人物。若年寄の長久保加賀守亡きあと、蔵人介に正義を貫くためと称して近づき、ときに悪党の暗殺を命じる。

鬼役 三十

寵臣
ちょうしん

切り札

一

天保《てんぽう》十二年、文月《ふみづき》三日。

——どん、どん、どん。

ずっしりと腹に響く音は、朝四つ（午前十時）の登城を促す太鼓の音だ。

内桜田《うちさくらだ》御門外には、塵芥《じんかい》が巻きあがっている。

「駆けよ、駆けぬけよ」

鬼の形相《ぎようそう》で叫んでいるのは、老中駕籠《かご》の先触れとなる供頭《ともがしら》であろうか。

屈強な供侍《ともざむらい》たちに守られた水野《みずの》越前守忠邦《えちぜんのかみただくに》の駕籠は、ひとかたまりの黒雲となって大名《だいみよう》小路を駆けぬけた。

その駕籠尻を追いかけ、何人もの人影が走っていく。

紋付袴《もんつきはかま》を着けているが、いかにも着慣れぬ風情で、土で汚れた無骨な手には青竹の棒を握っていた。

竹棒の先端はふたつに裂け、表に「上」と書かれた訴状が挟んである。

百姓の駕籠訴であった。

飢饉《ききん》などで困窮した村人たちに年貢軽減の願いを託され、村の代表が長い道程をたどって江戸へやってきたのであろう。何としてでも幕府に願いを聞き入れてもらうために、老中の乗る駕籠へ命懸けで突進するのだ。

「遅いぞ、もっと速く、速く走れ」

矢背蔵人介《やせくらんどのすけ》はつぶやいた。

だが、百姓たちの手は駕籠尻に届かない。

老中たちは訴えを受けとる煩《わずら》わしさから逃れるべく、上屋敷から千代田《ちよだ》城の御門まで脇目も振らずに駕籠を駆けさせる。太い棒を担ぐ陸尺《ろくしゃく》も防《ふせぎ》の供人も息を詰め、歩調を合わせて突っ走らねばならなかった。

まるで、合戦場の断片を切りとったかのような光景である。

蔵人介は御門の手前で足を止め、至近から一部始終を眺めていた。

滲《にじ》ませている。
落栗《おちぐり》色の内着に桔梗《ききょう》色の肩衣《かたぎぬ》半袴、秋めいた装いだが、額にはうっすらと汗を

蒼天に昇りかけた陽光は、遮る物のない大路に強い日差しを投げかけていた。

「お願い申しあげます、お願い申しあげます」

老中駕籠に追いすがる百姓は三人。ひとりは途中で転んで土を噛み、ひとりは供人から肘《ひじ》鉄砲を食らって昏倒《こんとう》する。三人目が何とか追いつく気配をみせた直後、忠邦の乗る駕籠は御門内へ吸いこまれてしまった。

「無駄骨か」

蔵人介は溜息を吐く。

と、そこへ、二挺《ちょう》目と三挺目の老中駕籠が併走しながら驀進《ばくしん》してきた。

ふたたび、好機到来である。

向かって右手の駕籠に乗るのは下総佐倉《しもうささくら》藩を領する堀田備中《ほったびっちゅう》守正篤《まさひろ》、左手の駕籠に乗るのは下総古河《こが》藩の土井大炊頭利位《どいおおいのかみとしつら》であろう。いずれも領内では名君と慕われているものの、老中首座として幕政を司《つかさど》る水野忠邦に強意見《こわ》する度胸はない。

さらに、二挺を猛追すべく、背後から新参老中を乗せた駕籠が駆けてくる。

信州松代《しんしゅうまつしろ》藩を領する真田信濃《さなだしなの》守幸貫《ゆきつら》、鉄壁の防には六文銭の旗指物《はたさしもの》が林立して

みえるかのようだが、養子の幸貫に勇猛果敢な真田家の血は流れておらず、出生をたどれば寛政《かんせい》の改革を推進した「白河侯《しらかわ》」こと松平定信《まつだいらさだのぶ》の実子にほかならなかった。

水野忠邦は寛政の改革を模範とし、諸侯諸役人に倹約の奨励と綱紀粛正《こうきしゅくせい》の徹底を命じている。先月、出世争いの相手と目された遠州掛川《えんしゅうかけがわ》藩主の太田備中守資始《おおたびっちゅうすけもと》を幕閣から追いだした。そののち、老中の空席を埋める人材として真田家の当主が抜擢されたのは、幸貫のなかに「白河侯」の血が脈々と流れているからだ。

すべては、忠邦の意向である。幸貫は忠邦の忠実な僕《しもべ》となり、老中の末席におさまっていた。

ともあれ、三挺の老中駕籠が一団となり、乱雲のごとく迫ってくる。

――どどどど。

地響きが轟《とどろ》くなか、百姓たちはめげずに走っていた。

「ひい、ふう、み、よ……」

目視できるだけでも、七人はいる。

忠邦の駕籠に追いすがった連中とは、また別の百姓たちだ。

同じ村からやってきた仲間なのか、それとも、別々の訴えを抱えている連中なのか、濛々《もうもう》と立ちこめる塵芥のなかでは判別もつかない。

青竹の角《つの》を生やした暴れ牛も同然に、百姓たちは前歯を剝《む》いて疾駆する。いずれも、韋駄天《いだてん》自慢の者たちであったが、何人かはすぐに転び、何人かは供人たちに撥《は》ねとばされた。

「お願い申しあげます、何卒《なにとぞ》、何卒」

必死の訴えも虚しく、三挺の老中駕籠はさきを競うように御門へ突入していく。

空には白い訴状がひらひらと舞い、そのうちの一枚が蔵人介の足許に落ちてきた。

――雖為百姓不事二君
目に飛びこんだ文字を、声に出して読んでみる。

「百姓といえども、二君につかえず」

はっとした。

訴えの主はいずれも同じ、出羽《でわ》庄内《しょうない》藩の百姓たちにまちがいない。

今から九月ほど前の昨年霜月《しもつき》、幕府は将軍家慶《いえよし》の名で三方《さんぽう》領地替えを発令した。武蔵《むさし》川越《かわごえ》藩十五万石を領する松平家を出羽庄内藩十四万石へ、庄内藩を領する酒井《さかい》家を越後《えちご》長岡《ながおか》藩七万四千石へ、そして長岡藩を領する牧野《まきの》家を川越藩へ転封《てんぽう》するという措置である。そもそもは、藩財政に行きづまりをみせた川越藩松平家の訴えを前将軍の家斉《いえなり》が受けとり、みずからの実子を松平家の嗣子《しし》に入れるのと交換条件に無理押しした案件だった。

転封先として実収二十万石余りとも評される豊かな庄内藩に目をつけたのは、家斉の意を汲んだ忠邦にほかならない。誰がみても不釣り合いな領地替えをごまかす意図もあって、長岡藩を領する牧野家を巻きこんだ。

もちろん、三家のなかで大損をするのは酒井家であったが、庄内藩主の酒井忠器《ただかた》と重臣たちは唯々諾々《いいだくだく》と幕命にしたがうしかなかった。

よもや抗《あらが》う者もあるまいと、忠邦も高《たか》をくくっていた。

ところが、庄内領内の百姓たちが筵旗《むしろばた》をひるがえした。

これまでのような領主のおこなう苛政《かせい》への反撥ではない。年貢を軽減してほしいという訴えでもなく、酒井の殿さまを庄内から逐《お》わないでほしいという前代未聞の要求だった。

――雖為百姓不事二君

とは、筵旗にも書かれた庄内百姓たちの決意であり、合い言葉なのだ。

江戸にあっては、老中への駕籠訴が毎月のようにおこなわれ、百姓たちの訴える

「二君につかえず」という侍のごとき気概は、今や城や屋敷勤めの連中ばかりか、市井《しせい》の者たちまでが知るところとなっている。

訴状は陣風に舞い、濠端《ほり》のほうへ飛んでいった。

白髪の痩せた町人が蔵人介をみつけ、ぺこりとお辞儀をしてみせる。

御門前で何度かみかけた顔だが、知りあいではない。名も知らぬ。

わかっているのは、庄内百姓たちを統率し、駕籠訴をやらせている人物であろうということだ。

同じ匂いのする者を、馬喰町《ばくろちょう》界隈でみかけた。

百姓たちの訴えを手伝う公事師《くじし》である。

おそらく、男は庄内百姓の期待を一身に背負う公事師なのだろう。

蔵人介は素知らぬ顔で横を向き、厳《いか》めしげな内桜田御門を潜った。

左手に満々と水を湛《たた》えた蛤《はまぐり》濠の向こうには、三重の富士見櫓《ふじみやぐら》が悠然《ゆうぜん》と聳《そび》えている。

しばらく歩きつづけ、下乗《げじょう》御門へたどりつくころには、駕籠訴の喧噪《けんそう》も嘘のように消えていた。そのまま橋を渡って百人番所のまえを通りすぎ、中ノ御門から大番所を右手に眺めつつ、左手奥の中雀《ちゅうじゃく》御門へ向かう。

蔵人介は背筋を伸ばして襟を正し、本丸にいたる最後の御門を潜った。

ここからさきは、鬼役の厳しい顔になる。

将軍家毒味役の御用をつつがなく果たすべく、先代から授かった教訓を呪文のように口ずさんだ。

「河豚《ふぐ》毒に毒草に毒茸《きのこ》、なんでもござれ。死なば本望《ほんもう》と心得よ」

鬼役は過酷なお役目と、百人に聞けば百人がこたえる。何しろ、毒を啖《くら》って死ぬこともあれば、公方《くぼう》の食べる魚の小骨を取り損ねて首を刎《は》ねられる恐れも否めない。にもかかわらず、公式行事では布衣《ほい》も許されぬ。なるほど、二百俵《ぴょう》取りの旗本《はたもと》役にしては酷すぎると言わねばならぬ役目だが、蔵人介は辛いと感じたことが一度もない。天職とおもっている。

旗本ではなく、御家人《ごけにん》の家に育った。十一で矢背家の養子となり、十七で跡目《あとめ》相続を容認されたのち、二十四で出仕を赦《ゆる》された。十七から二十四にいたる七年のあいだ、鬼籍《きせき》に入った先代から毒味作法のいろはを仕込んでもらった。

厳しい修行の日々を経て、役目を仰せつかった初日以来、三日に一度まわってくる出仕のおりは、いつも首を抱いて帰宅する覚悟を決めている。

——死なば本望と心得よ。

先代から受けついだ役目はしかし、毒味役だけではなかった。幕臣随一と評される田宮《たみや》流抜刀《ばっとう》術の腕前を買われ、時折、雲の上から厄介な密命がもたらされる。

――この世に跳梁跋扈《ちょうりょうばっこ》する邪智奸佞《じゃちかんねい》の徒を成敗せよ。

御小姓組番頭《おこしょうぐみばんがしら》の橘右近《たちばなうこん》よりひとたび命が下されれば、昼夜の別なく暗殺御用におもむかねばならない。

胸騒ぎがするのは、駕籠訴を目にしたせいなのか。

悪い予感が当たらぬようにと祈りつつ、蔵人介は表玄関を避けて右脇へ進み、中奥《なかおく》に通じる御長屋《おながや》御門へ向かっていった。

二

中奥、笹之間《ささのま》。

昼餉《ひるげ》の毒味膳には、伊勢《いせ》海老が供された。

伊勢津《つ》藩二十七万石を治める藤堂《とうどう》家からの献上品だという。

「ふほほ、毒味に丸ごと一匹とは豪勢な」

相番《あいばん》の古坂大四郎《ふるさかだいしろう》は不謹慎な台詞《せりふ》を口走り、膝を躙《にじ》りよせてきた。

蔵人介は斬れ味の鋭い眼光でひと睨みし、古坂の喋りを抑えこむ。

懐中から自前の杉箸を新たに取りだし、伊勢海老の立派な殻《から》がくずれぬように気を配りながら身を摘んだ。

懐紙《かいし》を手にして鼻と口を覆い、口に入れた一片の身を静かに咀嚼《そしゃく》する。

さらにもう一片、焦げた尾に近いほうの身を試すべく、箸を器用に動かした。

このとき、毛髪はもちろん、睫毛《まつげ》の一本でも膳に落としてはならない。料理に息が掛かるのも不浄とされ、箸で摘んだ身の切れ端を口へ運ぶだけでも気を遣う。

しかし、停滞は許されない。箸さばきから咀嚼、呑みこみにいたる一連の動作を、いかに素早く的確にこなしてみせるか。それこそが、鬼役と呼ばれる毒味役の腕のみせどころなのだ。

蔵人介は瞬《まばた》きもせず、呼吸すらもしない。

少なくとも、相番の古坂にはそうみえた。

すでに、一ノ膳の毒味は終わっている。

献立《こんだて》を列記すれば、吸物は鯛《たい》の鰭《ひれ》肉の潮《うしお》仕立て、刺身は鯛《たい》に赤貝《あかがい》に烏賊《いか》、膾《なます》はほうぼうと自然薯《じねんじょ》、大平《おひら》の煮物は鴨《かも》と皮牛蒡《ごぼう》、蒸し鰹《かつお》にむかご、添え物は生椎茸《しいたけ》に細引人参に長芋、猪口《ちょく》は鮑《あわび》の白和《しらあ》えと椎茸の青和え、さらに、鱚《きす》の塩焼きと付け焼きが載った平皿などとなり、倹約、倹約と叫ばれているわりには豪勢な膳だった。

二ノ膳も負けてはおらず、塩蕨《わらび》とそらまめ、貝と石茸《いわたけ》といった汁物からはじまり、鯛の洗いや鮑の笹作りに白髪《しらが》大根を添えた鉢肴《はちざかな》やら、蒲鉾《かまぼこ》、伊達《だて》巻、長芋、九年母《くねんぼ》などを載せた硯蓋《すずりぶた》やらが供された。

こうした料理は毒味ののち、小納戸《こなんど》衆によって囲炉裏《いろり》之間へ移される。汁物は替え鍋で温めなおし、冷え物は椀や皿に盛りなおすなどしてから、梨子地金蒔絵《なしじきんまきえ》の懸盤《かけばん》に整然と並べかえ、公方家慶《いえよし》の待つ御小座敷《おこざしき》へ運んでいくのである。

御膳所から御小座敷までは遠い。配膳方は御座之間《ござのま》と御休息之間《ごきゅうそくのま》を右手にみて通りすぎ、長い廊下を足早に渡っていかねばならない。懸盤を取りおとしでもしたら首が飛ぶ。滑って転んだ拍子に汁まみれとなり、味噌臭い首を抱いて帰宅することにもなりかねず、なかなかに神経を使う役目ではあった。

ただ、配膳方は本人さえ注意すれば凶事を避けることはできる。

鬼役はそうもいかなかった。

毒を啖《くら》うのに、注意の払いようはない。

啖うときは啖わねばならぬ。

公方の身代わりに毒を啖い、潔く果てるしかない。

にもかかわらず、鬼役を評価する者は少なかった。

上さまと同じ料理が食べられるのだから贅沢《ぜいたく》ではないか、などと揶揄《やゆ》する考えの浅い幕臣もいる。

古坂も笹之間詰めになるまでは、そうした手合いだったらしい。

それを証拠に、当初は小普請組《こぶしんぐみ》から抜けだしてこられたのを手放しで喜んでいた。だが、蔵人介から毒味の所作《しょさ》を教わるうちに、片手間にできる役目でないことに気づかされたようだ。

相番はどちらか一方が毒味役となり、もうひとりは監視役にまわる。まんがいち、毒味に落ち度があれば、監視役は毒味役を介錯《かいしゃく》せねばならぬ。そうした定式《さだめしき》ひとつとっても、まことに酷な役目と言うよりほかにない。

ぴんと髭《ひげ》の張った伊勢海老が隣部屋へさげられ、滞りなく毒味は終わった。

「いやはや、お見事にござった」

古坂は庇《ひさし》のように秀でた額の下で、金壺眸子《かなつぼまなこ》をぎょろつかせる。

「流れるがごとき箸使い、名人の舞いでも観ているようでござりました。さすが、笹之間にこのひとありと評される矢背殿、鬼役のなかの鬼役であられる」

毎度同じような褒め言葉を聞かされ、うんざりしつつも、蔵人介は感情をいっさい顔に出さない。黙して語らず、半眼《はんがん》で正面を見据えている。

図太い古坂は、それでも勝手に喋りかけてきた。

「さきほどの伊勢海老、生け簀《す》に入れて海路遥々《はるばる》運んできたのでござろうな。されど、何故、藤堂和泉《いずみ》守さまが、かようなご配慮をおこのうたか。さしもの矢背どのとて、ご想像もつかれまい」

金壺眸子は声を落とし、囁《ささや》くようにつづける。

「じつは、この伊勢海老献上、庄内百姓の駕籠訴に関わっておるそうな」

蔵人介はおもわず、片方の眉尻を吊りあげた。

古坂は我が意を得たりと、双眸《そうぼう》を輝かせる。

「矢背どのもご覧になったとおもうが、今朝方も庄内百姓の駕籠訴がござった。水《すい》越《えつ》さまはじめ御老中方への駕籠訴は果たされなんだものの、そののち、百姓どもは五侯《ごこう》への駕籠訴を成し遂げたらしゅうてな」

五侯と聞き、蔵人介は心中で首をかしげた。

訴状を受けとった五人の大名を石高順に記せば、仙台《せんだい》藩六十二万石の伊達陸奥《むつ》守、津藩二十七万石の藤堂和泉守、秋田《あきた》藩二十万五千石の佐竹右京大夫《さたけうきょうだいぶ》、米沢《よねざわ》藩十五万石の上杉弾正大弼《うえすぎだんじょうだいひつ》、新庄《しんじょう》藩六万八千石の戸沢能登守《とざわのと》となる。

五侯のうち、藤堂和泉守と佐竹右京大夫は内桜田御門ではなく、大手御門前で駕籠訴を受けた。いずれも大藩の外様《とざま》大名にほかならず、伊達家と藤堂家を除く三家は出羽《でわ》に領地を持つ大名たちでもあった。

「出羽と申せば、庄内にござる。肥沃《ひよく》な米所の庄内を、川越藩を領する松平のお殿さまは喉から手が出るほど欲しがっておられる」

昨年霜月に転封の命も発令されたので、粛々と引越仕度をすればよいだけのはなしであったが、ここにきて風向きが変わってきた。

「まず、庄内の百姓たちが驚くべきことに、主君を替えるなと騒ぎだした。地元がどれだけ盛りあがっておるのか想像すべくもござらぬが、江戸での駕籠訴は毎月のようにおこなわれ、何度かは老中への駕籠訴も成し遂げており申す」

当然のごとく、公方家慶も一連の騒ぎを知っているはずだ。

「上様はさぞかしお悩みのことと、ご推察たてまつる。されど、綸言《りんげん》汗のごとしの喩《たと》えもあるとおり、為政者は一度発令した命を容易《たやす》く引っこめるわけにいかぬ」

ところが、外様の大名衆が騒ぎはじめた。

やはり、どう考えても、こたびの三方領地替えは納得できぬ。大名の一方だけを優遇する措置が前例となれば、後顧《こうこ》に憂いを生じるゆえ、再考すべしとの意見を表明するにいたったのだ。

「まるで、百姓たちと申しあわせておったかのごとく、五侯は訴状を受けとった。なかでも、藤堂和泉守さまは外様の肝煎《きもい》りを任されておられるゆえ、伊勢海老で上様のご機嫌を窺いつつ、諫言《かんげん》なされたのではあるまいか。今のところ、噂にすぎませぬがな、ひょっとしたら、諫言は実を結ぶやもしれませぬ」

何故、外様大名たちがそこまでするのか。

やはり、水野忠邦の行きすぎた改革に歯止めを掛けたいがためであろう。

「大きい声では申せぬが、水越さまの推進なさる改革とやらは、すこぶる評判が悪うござる。それゆえ、三方領地替えの取りやめにより、水越さまの失脚を狙った企てではないかと、かように申す者までござる。あるいは……」

と言いつつ、古坂は咳払いをする。

「かの太田備中守さまが裏で糸を引いているのではないかと、さように囁く輩《やから》もございます。何しろ、備中守さまはご老中であられたころ、庄内百姓の訴状を二度もお受けになったそうですからな。じつは、それこそが幕閣《ばっかく》から逐われた原因のひとつであろうと、うがった見方をする者もおるほどで」

太田備中守にとってみれば、水野越前守は天敵とも言うべき相手、隙《すき》あらば足を引っぱろうと画策しても、何ら不思議ではない。

「ふふ、ちと喋りすぎましたかな」

いかなる噂が立とうとも、三方領地替えの命が覆《くつがえ》ることはあるまいと、蔵人介はおもった。

覆せば、この案件を取りまとめた水野忠邦の権威は失墜しかねぬ。

それだけは何としてでも、必死に阻もうとするであろう。

――かりっ。

何かを齧《かじ》った音がしたので、蔵人介は古坂を睨みつけた。

「上様のお好きな葉生姜《はじかみ》にござるよ。久方ぶりに供されておったゆえ、二ノ膳から失敬しました。ちと、小腹が空きましてな。ふふ、恐い顔をなさるな。たかが、はじかみにござる。さきほどの噂話に免じ、大目にみてくだされ」

「そうはまいらぬ」

蔵人介は隠然と発し、片膝を繰りだす。

と同時に、脇差を抜いた。

練兵館《れんぺいかん》の斎藤弥九郎《さいとうやくろう》に貰った「鬼包丁《おにぼうちょう》」である。

「ぬっ」

声を失った古坂の鼻先に、白刃が燦爛《さんらん》と煌《きら》めいた。

「はじかみ一本といえども、粗略にあつかえば首が飛ぶ。さように心得よ」

言いはなったそばから、蔵人介はすっと身を引いた。

いつのまにか、脇差は納刀されている。

凄まじい殺気も消えたが、古坂の心ノ臓は擦《す》り半鐘《ばんしょう》さながらに激しく鼓動を打ちつづけていた。

三

三日後の夜、蔵人介は笹之間で毒味御用を終えたあと、宿直《とのい》の控部屋でつかのまの休息をとっていた。

涼風が吹けば、燈火に親しみたくなる。

昨日、遠方の友より文が届いた。

行く先すら知らなかったのは、中村半兵衛《なかむらはんべえ》という友の役目が公方の密命を帯びて探索におもむく御庭番《おにわばん》であるからだ。

中村との出会いは、かれこれ十五年ほどまえに遡《さかのぼ》る。

先代家斉公の御前にて武芸上覧がおこなわれたおり、幕臣の頂点を極める申し合いで中村とまみえた。

長身瘦軀《そうく》で鼻筋の通った蔵人介とはちがい、小太りで風采《ふうさい》のあがらぬ外見だったが、小野《おの》派一刀流《いっとうりゅう》の練達《れんたつ》という触れこみどおり、身のこなしは敏捷《びんしょう》で、繰りだす技は鋭かった。

白書院《しろしょいん》の広縁《ひろえん》にて木刀を何度となく打ちあわせたのち、かろうじて勝ちを得たのをおぼえている。

中村は負けたにもかかわらず、爽やかに笑ってみせ、これを契機に親交を結びたいと申し出てくれた。無論、蔵人介も友になることを望み、それから数年は何度か酒を酌みかわしつつ、剣術談義に花を咲かせた。が、次第にどちらからともなく会うこともなくなり、時折、ふとおもいだしては面影を懐かしんでいた。

御庭番という役目柄ゆえか、文を貰ったことは一度もない。

にもかかわらず、探索先とおもわれる場所から文が届いた。

走り書きのような字で「庄内の山里にて七万の篝火《かがりび》をみた。燎原《りょうげん》の火のごとき光景に感涙《かんるい》。是非とも貴殿にお伝え申しあげたく文をしたため候」とあった。

興奮の醒めやらぬ様子は伝わったが、同時に胸騒ぎも抱いた。

遺書のように感じられたからかもしれない。

蔵人介は文を懐中に仕舞い、ほっと溜息を吐いた。

控部屋を抜けだし、廊下を渡る夜風に頰をかたむける。

――るるる、るるる。

儚《はかな》げな鳴き声の主は、邯鄲《かんたん》であろうか。

葉月《はづき》頃に葦原《あしはら》で鳴くはずの虫が、草叢《くさむら》もみあたらぬ城内で鳴いている。

「ちっ」

蔵人介は舌打ちし、廊下から裸足で庭におりた。

御膳所裏の厠《かわや》へ向かうと、燈火が微《かす》かに揺れている。

「お越しくださり、かたじけのう存じます」

暗闇の狭間から、公人朝夕人《くにんちょうじゃくにん》の声が聞こえてきた。

姓名は土田伝右衛門《つちだでんえもん》、公方が尿意を告げたとき、一物を摘んで竹の尿筒《しとづつ》をあてがう。それが表の役目で、裏の役目はほかにあった。十人扶持《ぶち》の軽輩にすぎぬものの、武芸百般に通暁《つうぎょう》しており、いざとなれば、公方を守る最大にして最強の盾《たて》となる。

「御前がお呼びにございます」

「今宵《こよい》か」

「いかにも」

「いったい、何のはなしであろうな」

「庄内藩に関わるはなしかと。それ以上は、ご本人にお聞きいただきたく」

「わかった。それにしても邯鄲とはな。鳴かすには、まだ早うないか」

「はて。なべてこの世のことは、邯鄲の夢のごとくにございます」

「達観しておるのか。ふん、おぬしらしいな」

「されば」

ふっと、気配は消えた。

蔵人介は立ちもどり、足の裏についた砂を払って廊下に立つ。

左右の暗がりに目を配り、控部屋へ身を差しいれた。

それから数刻のあいだ、修行僧のごとく瞑目《めいもく》し、真夜中になるのを待った。

やがて、宿直《とのい》の役人たちも寝静まったころ、音も無く部屋から抜けだした。

めざす楓《かえで》之間は、公方が食事をとる御小座敷の脇から御渡廊下を抜けた左手、上御錠口《かみのおじょうぐち》の手前にある。

三十畳敷きの萩《はぎ》之廊下を渡り、公方だけに通行を許された御渡廊下に足を忍ばせねばならない。中奥内の移動ではあるものの、慣れぬ者にとっては気の遠くなるような道程である。

蔵人介は息を殺し、暗い廊下を滑るように進んだ。

見廻りの小姓《こしょう》にみつかれば、首を刎ねられても文句は言えない。

何故、かように理不尽な命にしたがわねばならぬのか、何度も質《ただ》してみたい衝動に駆られた。

が、質したところで詮《せん》無いはなしだ。

これも鬼役に課された試練とあきらめるしかない。

蔵人介は御小座敷の脇から御渡廊下までやってきた。

このまま進めば上御錠口にいたり、立ちはだかる銅《あかがね》壁の向こうは大奥《おおおく》となる。

一方、途中で左手に曲がれば、双飛《そうひ》亭という茶室に行きあたるはずだ。

迷わずに廊下をまっすぐ進み、楓之間の戸を開けて忍びこむ。

一寸先もみえぬ闇のなかへ足を繰りだし、床の間に掛かった掛け軸の脇に手を伸ばした。

垂れた紐を握って躊躇《ためら》わずに引けば、芝居仕掛けのがんどう返しさながら、床の間の壁がひっくり返る。

――ぐわん。

眼前に、御用之間があらわれた。

歴代の公方たちが政務にあたった隠し部屋である。

広さは四畳半しかなく、一畳ぶんは黒塗りの御用箪笥《だんす》に占められており、箪笥のなかには公方直筆の書面や目安箱《めやす》の訴状などが納められていた。

先代の家斉と今将軍の家慶は、足を踏みいれたこともないという。

隠し部屋を秘かに使っているのは、丸眼鏡をかけた小柄な老臣である。

「邯鄲の鳴き声を聞いたか」

懸巣《かけす》のように嗄《しゃが》れた声で喋る人物こそ、近習《きんじゅ》を束ねる橘右近にほかならなかった。

四

派閥の色に染まらぬ反骨漢にして清廉《せいれん》の士、中奥に据えられた重石《おもし》のような存在であるがゆえに、家慶から目安箱の管理まで任されている。

橘右近こそが、蔵人介に密命を下す権限を持っていた。

低い位置に穿《うが》たれた小窓からは、壺庭《つぼにわ》がみえる。

鉢植えの萎《しぼ》んだ花は、芙蓉《ふよう》であろうか。

「八重咲きの酔芙蓉《すいふよう》じゃ。朝には白く咲いた花が、正午を過ぎれば朱《しゅ》に変わる。変わり身の早さこそが、酔芙蓉のおもしろさよ」

夜しか訪れぬ部屋で、昼間にしか咲かぬ酔芙蓉を愛《め》でたことなどあるのだろうか。

嗄れた声が、蔵人介の思念を破った。

「今朝方、上様は黒書院に幕閣《ばっかく》のお歴々を呼びつけ、昨年来塩漬けとなっていた三方領地替えを取りやめにすると公言なされた。ところが、その直後、水越さまの『流言等の御採用は御座あるまじく候ものなり』という諫言にしたがい、ご翻意なされた」

翻意するにあたって、家慶は忠邦に条件をひとつ付けたという。

「庄内百姓の筵旗に書かれた『雖為百姓不事二君』の意味を、誰ぞわかる者が閣議の場で説くようにとの仰せじゃ。すなわち、百姓たちの動向を今一度しっかり調べなおせとのご内意よ」

さっそく、御庭番二名が秘かに庄内へ放たれた。

「されど、わしの知るところでは、すでに手練《てだれ》一名が彼《か》の地へ潜りこんでおったはず。あくまでも御庭番は上様直属ゆえ、わしの配下ではないが、どうやら、その者は彼の地で落命したようじゃ」

「えっ」

蔵人介はおもわず、驚きの声を漏らす。

橘は丸眼鏡の内で、ぎろりと眸子を剝いた。

「やはり、中村半兵衛を知っておったか」

「はっ」

「文を受けとったであろう」

「ここにござります」

「どれ、みせてみよ」

手渡した文を開き、橘はさっと目を通す。

「七万の篝火か。なるほど、百姓たちが蹶起《けっき》した噂はまことであったらしいな。このことをお知らせできれば、上様もご意志をお固めになるであろうが、一介の鬼役に宛てた文をおみせするわけにもまいらぬ」

ひとたび幕府より発せられた公式の命令を撤回することは、本来であればあってはならないことだ。家慶自身の権威が失墜《しっつい》し、幕府を支える屋台骨すら揺らぎかねない事態となる。

それでも、家慶が三方領地替えの取りやめを公表した理由は、やはり、藤堂和泉守を筆頭とする外様大名たちに背中を強く押されたからのようだった。

「藤堂さまは『二君につかえず』と訴える百姓たちの心意気に打たれたと、涙ながらに訴えたそうじゃ。されど、猿芝居にすぎぬ。本音は別にある。ひとつには、庄内の諸侯や近隣の伊達さまが百姓一揆の蔓延《まんえん》を恐れておられるということじゃ。さらにもうひとつは、外様諸侯の総意として、たったひとりの老中に振りまわされるがごとき政事《まつりごと》は止《や》めてほしいということじゃ」

外様大名たちは口にこそ出さぬが、水野忠邦の専断政事を放置しておけぬのだ。

三方領地替えは、今は亡き家斉《いえなり》の意向を受け、忠邦が旗振り役となって推進した。当初、川越藩松平家は播磨《はりま》国への転封を望んだものの、諸般の事情でそれは叶《かな》わなくなった。そののち、裕福な庄内藩を転封先に選んだのは、忠邦にほかならない。

皇居の炎上に際して莫大な寄付をおこなったとか、地元大浜《おおはま》の閲兵《えっぺい》で藩を支える豪商の本間《ほんま》家が華美《かび》な接待をおこなったとか、いくつかの理由が取り沙汰されたが、いずれも、庄内から逐われるほどの落ち度とはおもえなかった。

やはり、家斉の二十五男である斉省《なりさだ》を松平家の養子に迎えたことが大きかったのだろう。

川越藩松平家当主の斉典《なりつね》は学問にも造詣《ぞうけい》の深い賢君と評されていたが、何代かにわたった度重なる転封などで藩の借財が二十万両を超え、農村復興などの財政改革だけではとうてい追いつけぬほどの窮地に陥っていた。

起死回生《きしかいせい》を謀《はか》るべく、肥沃な領地への転封を画策したのである。

家斉の実子を嗣子に迎えるのは、壮大な企ての布石でもあった。

松平家の重臣たちは当主の意を汲み、家斉の側近ばかりか、養子にした斉省の生母お以登《いと》の方を通じて大奥などにも金をばらまき、ついに庄内藩への転封を勝ちとった。もちろん、忠邦も賄賂《まいない》を受けとったひとりにちがいなかったし、外様大名たちもそれを見抜いていたが、家斉が存命のうちは隠忍自重《いんにんじちょう》を決めこむしかなかった。

ところが、今年になってすぐに家斉は薨去《こうきょ》し、松平家の嗣子となった斉省も還《かえ》らぬ人となる。その途端、川越松平家と徳川《とくがわ》宗家の絆は危ういものとなり、すでに発令済みの三方領地替えは宙に浮くかたちになった。

そこへ、庄内百姓たち蹶起の報がもたらされてきたのである。

外様大名たちは敢えて危ない橋を渡ってでも、今将軍に訴えるべきだと決断した。父である家斉に反撥を抱いていた家慶ならば、一度発令した命を覆す余地もあると読んだのであろう。

諸侯の読みどおり、事は上手く運んだかにみえた。

だが、もう一歩のところで、忠邦に押しきられた。

たとい、公方家慶であっても、幕閣を牛耳る有能な老中を排除する勇気はなかったのだ。

「されど、望みが断たれたわけではない。七万の百姓たちがおる。民草《たみくさ》の声を聞かずして、何の政事か。さように、上様に諫言できれば、三方領地替えの布告はなかったこととされるに相違ない」

大名衆の尻を叩いているのは、じつは橋なのではあるまいかと、蔵人介は錯覚を抱いた。

公平中立を標榜《ひょうぼう》しつつも、老中を退いた太田備中守から頼まれ、水野おろしに加担しようとする様子も窺《うかが》える。

つまりは、情によって動いているのだ。

それが露骨になってくれれば、密命を果たすべきかどうか、一考を迫られる場面も出てこよう。

蔵人介の存念を知ってか知らずか、橘は淀みなく喋りつづける。

「もちろん、筵旗に書かれた文言なぞ、きれいごとにすぎぬわ。領主による年貢の二重取りを避けたいのが、百姓たちの本音じゃ」

ひとたび領地替えとなれば、酒井家の者たちは転封の費用《ついえ》と称して、あらゆるものを奪っていくであろう。さらに、新たな領主となった松平家の者たちは、おのれの借金を減らすために重税を課すにちがいない。

「それがわかっておるから、百姓たちは必死なのじゃ。百姓たちばかりではない。転封で大損をこくのは、御用商人たちじゃ。なかでも、酒井家の大黒柱となって藩財政を支えてきた本間家は、陰で百姓たちを焚《た》きつけておるようでな。庄内や陸奥の大名衆に金銭を贈り、助力を請《こ》うたとも噂されておる。本間家の力は侮れぬぞ。水越さまの足を掬《すく》うとすれば、本間家かもしれぬ」

さまざまな連中の思惑が、蔵人介のなかで錯綜しはじめた。

だが、橘に尋ねるべきは、密命の中身にほかならない。

「そうじゃな、そろりと密命を伝えねばなるまい。東根《ひがしね》藤左《とうざ》なる公事師がおる。この者は元庄内藩士でな、代々酒井家に仕えておった。じつは、三日後の九日、その東根藤左への聞き取りがある。『二君につかえず』という文言を説く者として、白羽の矢が立ったのじゃ」

推挙したのは、南町奉行の矢部《やべ》駿河《するが》守定謙《さだのり》だという。

「聞くところによれば、矢部さまは庄内百姓たちを煽《あお》った罪で東根を捕縛したことがあったらしい。そのとき、目《ま》の当たりにした堂々たる訴えに、えらく感銘を受けられたようでな、幕閣のお歴々に訴えを聞いてもらうべく、手配なされたのじゃ。ここだけのはなし、評定所《ひょうじょうしょ》での評議には上様も秘かにご列席なさる。ゆえに、東根藤左に万が一のことがあってはならぬのじゃ」

東根藤左なる公事師の身柄を守るのが密命の中身らしかった。

「命を狙われておるという確乎《かっこ》とした証拠《あかし》はない。されど、御庭番の中村半兵衛は死んだ。何者かに斬られたのじゃ。怪しき者たちの影が闇に蠢《うごめ》いておる。ゆめゆめ、油断はならぬぞ」

「はっ」

床に両手をつきながらも、蔵人介は戸惑いを隠せない。

ことさら中村の死を強調するのは、密命に背を向けさせぬためではあるまいか。

そうした勘ぐりを入れる自分にも、勘ぐりを入れさせる橘にも、正直、嫌気が差してくる。

されども、蔵人介のなかに、密命にしたがわぬという選択肢はない。

ふと、壺庭をみやれば、赤い酔芙蓉が一輪だけ咲いている。

「ほう、夜に咲く阿呆もおったか」

嗄れた声で笑う橘は、顔までが懸巣のようにみえた。

五

翌日は七夕《たなばた》、市中の屋根という屋根には短冊竹《たんざく》が林立し、紙でつくった瓢簞《ひょうたん》や酸漿《ほおずき》、算盤《そろばん》や大福帳までが風に靡《なび》いている。また、文月七日は井戸替えの日でもあるので、町の其処此処《そここ》で井戸の水を汲みほしたり、井側《いがわ》を洗ったりする光景が見受けられた。

蔵人介は従者の串部六郎太《くしべろくろうた》をともない、馬喰町へ足を向けた。

「何やら、おもしろうなってまいりましたな」

柳剛流《りゅうごう》の手練でもある串部は、蟹《かに》のようなからだを揺すって喋る。

鍛え方が足りぬせいか、はみだした脇腹の贅肉がたぷついていた。

「ちと調べてみました。東根藤左なる公事師、なかなか骨のある人物でござる。何せ、南町奉行所の詮索部屋で、石頭奉行の矢部さまを唸《うな》らせたのですからな」

先月のことであったという。老中首座の水野忠邦は江戸へ続々とやってくる庄内百姓の行状に業《ごう》を煮やし、駕籠訴に関わった者たちの捕縛と取調を矢部に命じた。謹厳実直《きんげんじっちょく》な矢部は迅速に捕り方を差しむけ、百姓たちが定宿《じょうやど》としていた公事宿に手入れをおこなうとともに、公事宿の主人である東根藤左にも縄を打ち、数寄屋《すきや》橋御門内の南町奉行所へ引っ立てたのである。

「後ろ手に縛られた東根藤左にたいし、御奉行御自ら詮議をなさったそうです。東根は一介の公事師にもかかわらず、じつに堂々とした態度で百姓たちの心情を訴えた。例の『百姓といえども、二君につかえず』という文言が発せられたのも、じつにこのときでござりました。御奉行はじめ、その場に立ちあった与力同心《よりきどうしん》、小者《こもの》たちまでが身震いするほどの衝撃を受け、感動に浸ったのだとか」

串部の説明に、蔵人介は薄く笑う。

「水野さまにしてみれば、ついでに捕らえさせた公事師がとんだ食わせ者だったというわけだな」

「御老中は墓穴《ぼけつ》を掘ったと囁く役人もおります」

矢部は有能であるがゆえに、今年の四月から南町奉行に抜擢されていた。小普請《こぶしん》組支配から引きあげてやったのは、水野忠邦にほかならない。みずからが推進する「改革」の旗頭として、多大な期待を掛けていたのは言うまでもなかった。

「まさに、飼い犬に手を噛まれたとはこのことで」

「いいや、矢部さまは飼い犬などではないぞ。誰よりも不公平を嫌う」

もとをたどれば、三百俵取りの番士《ばんし》にすぎなかった。よく知られたはなしだが、火盗改《かとうあらため》加役《かやく》に就いていたとき、別の火盗改の中間《ちゅうげん》部屋を牛耳《ぎゅうじ》っていた悪党頭を捕縛し、栄進のきっかけを掴《つか》んだ。

堺《さかい》奉行や大坂西町《おおさかにしまち》奉行を歴任し、大坂ではのちに叛乱《はんらん》を勃《お》こした大塩平八郎《おおしおへいはちろう》とも親しく交流した。信頼できるとおもった相手ならば、胸襟《きょうきん》を開いてとことん付きあう性分《しょうぶん》でもあるようだ。

「大坂では悪徳商人をやりこめ、南町奉行に就かれてからも、うるさい江戸雀どもが褒めそやすような人情裁きをなされた。ひとつ例をあげれば、吉原《よしわら》の放火女郎《じょろう》を裁いた一件がござります」

自分の手柄でもないのに、串部はぐいっと胸を張る。

「女郎はたしか、十六にござりました。貧しい実家から便りが届き、病を患《わずら》った母親に五両を都合してほしいと頼まれた。都合がつかねば、飢え死にするかもしれぬ。女郎は因業《いんごう》な抱え主に借金を申しこんだものの、最初から貸せぬと突っぱねられ、進退きわまったあげく、蒲団部屋に火をつけてしまったのです」

さいわい小火《ぼや》で済んだものの、火付けは重罪ゆえ、捕縛された女郎は火炙《ひあぶ》りになるものと覚悟を決めていた。ところが、矢部は白洲《しらす》で意外な沙汰を下す。

「『火付けの罪は消せぬ。されど、親をおもう心根《こころね》に免じて、金五両はお上から貸すことにいたすゆえ、年に一朱ずつ返済せよ』と、ご命じになったのでござります」

利子《りし》もふくめれば、全額返すまでに百年余りを要する。刑は返済のあとで執行するようにと定めた粋な人情裁きは、江戸庶民の喝采《かっさい》を浴びた。矢部は公方家慶にも「あっぱれ」と褒められ、名奉行の評判を得ることとなったのだ。

「一方、北町奉行の遠山《とおやま》さまはどうかと申せば、機を見るに敏なお方ゆえ、近頃は水野さまに追従《ついしょう》しておられると感じることもござります。遠山さまとくらべれば、矢部さまは一本筋が通っておられる。ただし、裏を返せば、融通の利かぬ石頭奉行とも言えるわけで、さきがおもいやられまする」

「串部よ、おぬしごときが案じてどうする」

「むはっ、仰せのとおり」

主従は肩を並べ、浜町《はまちょう》河岸の手前までやってきた。

河岸に沿って、公事宿がずらりと軒を並べている。

さらさらと涼しげな音を奏でるのは、大屋根に立てられた笹竹であろう。

目途《もくと》とする公事宿は、わざわざ探さずともすぐにわかった。

物々しげな装束の捕り方に守られていたからだ。

「ほう、与力ひとりに同心ふたり、小者が五人にござりますか。公事師の防《ふせぎ》にしては大袈裟にすぎますな」

蔵人介と串部もくわわれば、鉄壁に近い防禦《ぼうぎょ》となろう。

「何も、あそこまでせずとも。矢部さまも存外に心配性であられます」

根拠のあることかもしれない。

ふと、庄内で死を遂げた中村半兵衛の顔が脳裏を過《よ》ぎる。

矢部のもとへ、何か危惧すべき報告がもたらされているのだろうか。

さまざまに憶測しながら足を向けると、陣笠をかぶった与力が応対に出てきた。

「もしや、本丸御膳《ほんまるごぜん》奉行の矢背蔵人介さまで」

「いかにも」

「それがし、矢部家内与力の庄司与志右衛門《しょうじよしえもん》にござる。主人より、矢背さまのことは聞きおよんでおり申す。というより、矢背さまのご高名はかねがね……じつはそれがし、練兵館の門弟にござりましてな、ご継嗣《けいし》であられる卯三郎《うさぶろう》どのとも懇意にしていただいております」

「これはご無礼つかまつった」

矢背家の嗣子と定めた養子の卯三郎は、神道無念流《しんとうむねんりゅう》を標榜《ひょうぼう》する九段《くだん》坂上の練兵館において、館長の斎藤弥九郎から師範代を任されていた。

齢《よわい》や物腰からして、庄司は斎藤の高弟にちがいない。

蔵人介は深く頭を垂れつつ、少しでも繋《つな》がりのある相手を人選してくれた矢部の配慮に感謝した。

「なればさっそく、公事師の東根どのをご紹介しましょう」

「よしなに願います」

玄関に踏みこむと、白髪の痩せた人物が上がり端に両手をついていた。

内桜田御門前で駕籠訴を目にしたとき、濠端からお辞儀をしてきた男だ。まちがいない。

「東根藤左にござります。こたびは手前のようなつまらぬ者の防にご助力いただき、恐悦至極《きょうえつしごく》に存じあげたてまつります」

杓子定規《しやくしじようぎ》な物言いなうえに、よそよそしい感じもする。

無理もあるまい。切迫した情況がそうさせているのだ。

はじめて会った相手を信頼しろと言うほうがおかしい。

串部ともども、奥の客間に案内された。

細長い廊下の途中には部屋がいくつもあり、土臭い百姓たちが身を寄せあっている。

先日の駕籠訴で見掛けた者もおり、蔵人介は労《ねぎら》ってやりたくなった。

「もとをたどれば貧乏籤《くじ》を引いた者たちですが、達磨《だるま》のごとく七転び八起きのすえ、今では高い志を持つにいたりました」

東根は胸を張り、百姓たちを自慢する。

「みな、駕籠訴で鍛えられたのです。ささ、こちらへ」

誘われた客間は八畳間で、床の間には軸にみたてた布が掛かっていた。

黄ばんだ布には「雖為百姓不事二君」と大書されている。

「この文言をお考えになり、みずから筆をお持ちになったのは、飽海《あくみ》郡江地《えち》村にある玉龍寺《ぎよくりゆうじ》の文隣《ぶんりん》和尚にございます。庄内の百姓たちを蹶起させた立役者と申しあげてもよろしいでしょう」

「なるほど」

学のある僧侶が智恵を授けているのかと、蔵人介は納得した。

だが、今ひとつ納得できないこともある。

「百姓たちを滞在させるだけでも、かなりの費用《ついえ》が掛かるのでは」

「ご心配にはおよびませぬ。費用はすべて、御用商人の本間さまにお出しいただいております。ひと月でもふた月でも、ことによったら一年でも、大願成就の日まで百姓たちはこの公事宿に留《とど》まっておることができるのですよ」

「なるほど、そういうことであったか。聞くところによれば、ご主人は酒井さまのご家来であられたとか」

「足軽《あしがる》にござります。得手《えて》とする算盤片手に江戸へ参り、運よく公事宿の主人におさまりました。それもこれも、酒井家に知己《ちき》があったからこそ為し得たこと。いつかは恩返しせねばと、心の底から願っておりました」

東根藤左は筋金《すじがね》入りの公事師であった。百姓たちの窮状を幕府に訴える道筋とやり方を熟知している。しかも、情け深い善人でもあった。庄内の百姓たちにとって、あるいは、転封を望まぬ酒井家の家臣たちにとっても、これほど心強い味方はおるまい。

蔵人介は、肝心なことを聞かねばならぬとおもった。

「ご主人、これは矢部さまにお尋ねすべきことやもしれぬが、何者かに命を狙われるおぼえでもござるのか」

東根は即答せず、太い眉をぐっと寄せる。

おぼえがあるのだなと、蔵人介は理解した。

六

東根藤左は、覚悟を決めたかのように語りはじめた。

「文隣和尚から文が届きました。自分は刺客《しかく》に命を狙われた。そちらも気をつけるようにとのことで」

庄内の片隅にある寺で、いったい、何があったのだろうか。

東根は淡々とつづける。

「和尚によれば、懇意にしていただいたお侍がおられたそうです。酒井さまのご配下で江戸詰めのお役人ということでしたが、表立って百姓たちを助けるわけにはいかぬので、身分も名も偽っていると仰せになったそうです」

とある晩、和尚は殺気を感じて褥《しとね》から跳ね起きた。

襖《ふすま》越しに耳を澄ませると、剣戟《けんげき》の刃音が聞こえてくる。しばらくして静まったので、恐る恐る部屋から出ると、血達磨になった侍がひとり廊下に倒れていた。

「急いで抱き起こしてみると、そのお侍だったそうです。身を盾にし、和尚を守ってくれたのでござります。お侍は虫の息にもかかわらず、襲ってきた者たちの正体を和尚に告げました」

東根は一拍間を置き、冷めた茶で渇いた喉を潤す。

蔵人介も串部も、じっと主人の唇《くち》もとを注視した。

「羽黒《はぐろ》三人衆にござります」

と、東根は吐きすてた。

羽黒山は、月山《がっさん》、湯殿山《ゆどのさん》と並ぶ出羽三山のひとつ、頭巾を着けた山伏《やまぶし》たちが厳しい修行に勤《いそ》しむ場でもある。峻険《しゅんけん》な羽黒山を根城《ねじろ》にする山賊《やまがら》とも忍びともつかぬ者たちの噂は、東根もかねがね聞いていたらしい。

「百姓たちに教わりました。報酬さえ積めば、人殺しでも何でもする。残虐非道な輩だそうです」

ただし、すがたをみた者はいないという。

「はたして、まことにおるのかどうか、それすらも判然といたしませぬが、和尚はそれらしき者たちに命を狙われ、九死に一生を得ました。命の恩人でもあるお侍は、いまわにご自身の本名を口走り、こときれたそうにござります」

「その侍の名、文に記されておらなんだのか」

心ノ臓の軋《きし》みを聞きつつ、蔵人介は顎を突きだした。

東根は厳めしげに口を結び、こっくりうなずく。

「中村半兵衛さまと記してござりました」

「むう」

苦しげに唸ったのは、事情を知る串部であった。

東根は不審げに串部をみつめ、蔵人介に目を戻す。

「もしや、その名におぼえがおありでしょうか」

「ある。されど、身分を明かすわけにはまいらぬ」

「さようですか、ま、致し方ござりませぬ。お味方と確かめられただけでも充分にござります」

公方の密命を帯びた御庭番だと告げ、中村の死をともに追悼《ついとう》したかった。

だが、中村自身はそれを望むまい。

役目に生き、役目に殉じる。

密命を果たすべき立場の者ならば、身分を明かさずに野辺《のべ》の露と消える道を選ぶはずだ。

中村の為したことは公方も知り得ず、遺族も永遠に知る機会を与えられまい。儚《はかな》き宿命《さだめ》を背負った御庭番の死は、このまま封印される。だが、それでよい。それが密命を帯びた者の死に様なのだと、蔵人介はみずからに言い聞かせた。

東根は、しんみりとこぼす。

「亡骸《なきがら》は文隣和尚の手で、手厚く葬られたそうです」

せめてもの供養《くよう》ということか。

――友よ。

さぞかし、無念であったろう。

おのが目でみた七万の篝火を、蹶起した百姓たちの興奮を、みずからのことばで家慶公にお伝えしたかったに相違ない。

それにしても、中村ほどの手練を亡き者にした連中とは何者なのか。

油断のならぬ強敵であることはまちがいなく、文隣も案じるとおり、焦臭《きなくさ》さを増した江戸へ参じている公算も大きかった。

「褌《ふんどし》を締めなおさねばなりませぬな」

串部は鼻息も荒く言いはなつ。

秋の日没は早く、あっというまに公事宿の周囲は薄暗くなった。

さらに真夜中となり、山狗《やまいぬ》の遠吠えがやけに大きく響きわたったころ、怪しい影がひとつ公事宿に迫った。

ふいにあらわれた刺客が、見張りの小者を襲ったのだ。

「ぎゃああ」

断末魔の悲鳴に応じ、蔵人介は裏庭に飛びだした。

「すわっ」

串部も庄司も、別の部屋から飛びだしてくる。

やや遅れて、主人の藤左も廊下の端から駆けてきた。

「何が……何があったのでござりますか」

狼狽《うろた》える藤左に向かって、怪しい影がするすると近づいた。

「くせものめ」

同心のひとりが発し、横合いから斬りつける。

——じゃりん。

鳴ったのは、錫杖《しやくじよう》に付いた鈴であろうか。

つぎの瞬間、同心はぐしゃっと頭を潰された。

葬られた同心の向こうには、顔じゅう髭に覆われた巨漢が佇《たたず》んでいる。

「ひっ」

囲んだ捕り方たちが、驚いて身を引いた。

その間隙《かんげき》を衝《つ》き、巨漢は素早い身のこなしで藤左に迫る。

だが、足を止めた。

藤左の盾となる蔵人介をみつけたのだ。

手強《てごわ》い相手と、瞬時に嗅ぎわけたにちがいない。

微動もせず、こちらを三白眼《さんぱくがん》に睨みつけてくる。

蔵人介は身を沈め、柄《つか》の長い刀を黒鞘《くろざや》から静かに抜いた。

冴《さ》えた地金に月影が反射し、互《ぐ》の目丁子《めちようじ》の刃文が煌めく。

通称は鳴狐《なきぎつね》、矢背家に縁の深い山形《やまがた》藩秋元《あきもと》家の殿さまから頂戴した粟田口国吉《あわたぐちくによし》の銘刀だった。

「殿、お任せを」

串部が吼《ほ》えた。

柳剛流の手練は、両刃の同田貫《どうたぬき》を握っている。

地べたすれすれに走り、相手の臑《すね》を刈りとるのだ。

「覚悟せい」

串部は庭に飛びおり、低い姿勢で走りぬけた。

躊躇いもみせずに死地へ飛びこみ、猛然と臑斬りを繰りだす。

「へやっ」

刹那《せつな》、的は消えた。

乾坤《けんこん》の一刀は空を切る。

巨漢は高々と跳躍し、中空で月を背にして後転するや、大きな石灯籠《いしどうろう》のうえにふわりと舞いおりた。

「何という身のこなし」

呆気《あっけ》にとられたのは、串部だけではない。

神道無念流を修めた庄司も、ぽかんと口を開けている。

「ふふ、ちと嘗《な》めたかのう」

巨漢は、高みでうそぶいた。

すかさず、蔵人介が問いかける。

「おぬし、羽黒三人衆とやらか」

「ほう、知っておったか」

「玉龍寺の文隣和尚を襲い、中村半兵衛を亡き者にしたのは、おぬしか」

「ああ、そんなやつもおったな。されど、わしが殺《や》ったのではないぞ。止《とど》めの一発を弾いたのは、鼻曲《はなま》がりじゃ」

「鼻曲がり」

「さよう、この黒髭《くろひげ》さまよりも膂力《りょりょく》は劣るが、筒撃ちの名人でな、誰よりも奸智《かんち》に長《た》けておる」

中村は筒で撃たれたのだと、蔵人介は合点《がてん》した。

そうでなければ、あれほどの手練を仕留められるはずはない。

「ふん、ちと喋りすぎたわ。今宵のところは退散いたそう」

みずからを「黒髭」と呼ぶ化け物は、どんと石灯籠を蹴りつけた。

――どしゃっ。

灯籠の笠が崩落すると同時に、大きな人影は後方の築地塀《ついじべい》に飛び移っている。

そして、ふいに消えた。

追っても無駄だろう。

体術では相手のほうが、あきらかに上手なのだ。

殺られたふたりは、錫杖で脳天を砕かれていた。

主人の藤左は声を失い、廊下の隅にへたりこむ。

「文隣和尚の勘は見事に的中したな。敵も焦っておるということだ」

得体の知れぬ連中を雇った者の正体は見当もつかない。

蔵人介は胸中の焦りを振りきるように、鳴狐を見事な手並みで納刀してみせた。

七

東根藤左を評定所での評議へ送りこむまで、あと一日、不寝《ねず》の番になることを覚悟しておかねばなるまい。

南町奉行所からは、同心二名と小者三名が増員された。

総勢十一名になった捕り方を、内与力の庄司与志右衛門が指揮する。

正午を少し過ぎたころ、お忍びで陣中見舞いに訪れた者があった。

何と、矢部駿河守そのひとである。

齢《よわい》五十五にしては髪も黒々としており、肌の色艶も若々しい。

「手ぶらで参るわけにもいかぬゆえ、半塩《はんじよ》を持参した」

誘われた小者たちが、魚屋の使う半台《はんだい》を玄関へ運んでくる。

みなで半台を覗《のぞ》くと、銀色に光った魚が目に飛びこんできた。

「房総《ぼうそう》沖の秋刀魚《さんま》じゃ。押送船《おしよくりぶね》で魚河岸へ着いたばかりでな」

捕獲した秋刀魚はその場で淡塩をふり、快速自慢の押送船で魚河岸へ運びこむ。一日波に揺られて塩が馴染む秋刀魚は「半塩」と称され、焼いて食べれば天下一品の味を満喫できた。

秋刀魚は鮪《まぐろ》や鰶《このしろ》とともに下賤《げせん》の魚とされ、公方の膳に載ることはない。三代将軍家光《いえみつ》は鷹狩りの際に目黒《めぐろ》で秋刀魚を食したらしいが、少なくとも家斉と家慶は、焼きたての秋刀魚を口にしたことはないはずだ。脂《あぶら》の乗った焼き秋刀魚を内臓の苦みともども食する醍醐味《だいごみ》を教えてやりたい気もするが、小骨を取らねばならぬ鬼役にとっては厄介な魚かもしれない。

さっそく勝手にまわって、主人の藤左みずから七輪《しちりん》を総動員して秋刀魚を焼き、庭に面した広縁で相伴《しようばん》に与《あずか》った。

「さあ、遠慮いたすな。存分に食え」

矢部の気取らぬ態度は、石頭奉行という綽名《あだな》からはほど遠い。

ただ、近くではなしをすると、緊張がひしひしと伝わってきた。

「東根藤左は引きずってでも、評定所へ連れていかねばならぬ。あとひと晩、しっかり身辺警固を頼むぞ」

初対面であるにもかかわらず、蔵人介は手まで握られ、意気に感じざるを得ない。

「おぬしのことは、橘さまから聞いておる。矢背家は、京洛の由緒ある地に根を持っておったそうじゃな」

矢背という姓は、比叡山《ひえいざん》の麓《ふもと》にある八瀬《やせ》の地に由来する。しかも、禁裏《きんり》と密接な繋がりがあった。

八瀬衆の先祖とされる八瀬童子《どうじ》は、閻魔《えんま》大王に使役《しえき》された鬼の子孫とも伝えられている。鬼の子孫であることを公言すれば弾圧は免《まぬか》れぬため、比叡山に隷属《れいぞく》する「寄人《よりうど》」となり、延暦寺《えんりやくじ》の座主《ざす》や皇族の輿《こし》を担ぐ「力者《りきしや》」の役目を負った。さらに、戦国の御代では禁裏の間諜《かんちよう》となって暗躍し、かの織田信長《おだのぶなが》でさえも闇の族《うから》の底知れぬ能力を懼《おそ》れたという。

おそらく、矢部は橘からそうした由来を聞かされたのだろう。

「矢背家は、八瀬衆の首長に連なる家柄であるとか」

「はい。なれど、女系ゆえ、先代の養父《ちち》もそれがしも御家人出の婿養子にござります」

「なるほど」

鬼の血を継ぐのは、養母の志乃《しの》である。先代信頼《のぶより》とのあいだに子を授からなかったので、鬼の血脈は志乃で途絶えることとなった。

蔵人介は徒目付《かちめつけ》の家から、幸恵《ゆきえ》という嫁を娶《めと》ったが、授かった実子の鐵太郎《てつたろう》には剣術の才がなかった。鬼役は裏の使命も帯びているので、剣術のできぬ者には継がせられない。そのかわり、鐵太郎には学問があった。今は大坂に看立所《みたてどころ》を構えた緒方洪庵《おがたこうあん》のもとに寄宿し、蘭方医《らんぽう》を志している。

つぎの鬼役として矢背家を継ぐことになったのは、卯三郎という運悪く改易《かいえき》となった隣人の忘れ形見であった。

もちろん、矢部が矢背家の複雑な事情まで知るはずはない。

蔵人介が密命を帯びた刺客であることも、わかっているのかどうか怪しかった。

「じつを申せば、わしのほうから橘さまに頭を下げたのじゃ。鉄壁の盾となる者をお貸しいただけないかとな。鬼役が寄こされるとはおもいもよらなんだが、考えてみれば、上様の御身を日々命懸けでお守りしているのは、おぬしら鬼役にほかならぬ。矢背家のごとく毒味を家業とする家があればこそ、徳川の御代も安泰なのじゃ。

ともあれ、昨晩のごとき凶事がまた勃《お》こるやもしれぬ。重々、油断無きよう」

「はっ、承知つかまつりました」

矢部は実務に長《た》けた能吏《のうり》である以上に、情けの機微がわかる人物であった。

そうでなければ、百姓たちの声に耳をかたむけようとはしなかっただろうし、巨大な権限を持つ水野忠邦に真正面から抗うこともなかったであろう。

「わしはな、理不尽なおこないが許せぬのだ」

と、矢部は心情を吐露してみせた。

「どう考えても、こたびの三方領地替えは納得できぬ。一方だけが得をし、別の一方が損をする。不公平な領地替えを幕府がみとめれば、後々に禍根《かこん》を残すであろう。理不尽なことは理不尽だと主張せねば、幕閣中枢に驕《おご》りと慢心が生じてしまう。そうさせぬのが、地位のある者の務めではあるまいか。わしはな、誰に嫌われようとも、信じる道を進むつもりじゃ。人は命懸けで正論を吐かねばならぬときがある。逃げれば、待っているのは後悔だけじゃ」

みずからを納得させるように、矢部は滔々《とうとう》と語りつづけた。

そして、秋刀魚の残り香を置き土産に、風のように去った。

去りゆく背中に死の影をみたのは、蔵人介だけかもしれぬ。

実直すぎる矢部が百戦錬磨の水野にどこまで抵抗できるのか、期待よりも不安のほうが勝《まさ》っていた。

はたして、水野忠邦は明日の評議をどう考えているのだろう。

評議は非公式にもかかわらず、一座掛《いちざかかり》列席の体裁を取り、老中以下、三奉行ならびに大目付、目付の全員が列席し、肝心の公方家慶も衝立《ついたて》越しに拝聴するという。

一介の公事師ごときに語らせたところで、大きな流れを変えることはできぬ。

そう高をくくっているとすれば、忠邦は墓穴を掘るにちがいない。

逆《さか》しまに、侮るべからずと慎重に構えているとすれば、刺客を送ってでも公事師の出席を阻もうとするのではあるまいか。

もしかしたら、凶行の黒幕は水野越前守忠邦なのかもしれない。

そうしたことどもをあれこれ思念しつつ、蔵人介は夜を迎えた。

亥《い》ノ刻（午後十時）を過ぎたころ、庭の空気が微《かす》かに揺らいだ。

と同時に、廊下に人の気配が近づく。

「伝右衛門か、はいれ」

襖が音も無く開き、公人朝夕人がにょろりと身を差しいれてきた。

「ご機嫌はいかがにござりましょう」

間の抜けた台詞を漏らし、薄く笑ってみせる。

「矢部さまが陣中見舞いに来られたとか」

「半塩を携えてな」

「印象がちがいましたな」

「直《じか》に会ってみなければ、人はわからぬ」

「まことにさようで。水越さまも、存外に親しみやすいお方かもしれませぬぞ」

「おぬしらしゅうない戯《ざ》れ言《ごと》を抜かす。ところで、何かわかったか」

「はい。川越松平家の家中に、怪しい者がござります」

「ほう、それは」

「姓名は土屋《つちや》将監《しょうげん》、藩政を牛耳る宿老《しゅくろう》にござります」

　今から二十一年余りまえ、川越藩は一部領地を相模《さがみ》国内の領地と替地《かえち》されたうえで、相州《そうしゅう》警固を命ぜられた。その五年後、のちに斉省《なりさだ》と改名する養子を将軍家から貰うことを条件に、姫路への転封を願ったが果たせず、ついで出羽庄内藩への移封を再願した。

　すなわち、このころから、松平家の当主は領地替えを画策していたことになるのだが、相州警固に就いて十七年後の天保八年六月、川越松平家の行為が幕府から大いに評価される事態が勃こった。

モリソン号砲撃である。

漂流民を連れて浦賀《うらが》に入港しようとした米国商船を、浦賀の防にあたっていた川越藩の番兵が異国船打払令に基づいて砲撃した。これがじつにあっぱれな行為と評価され、川越松平家は名をあげたのだ。

「モリソン号砲撃の陣頭指揮を執っていたのが、土屋将監にござります。これを手柄に出世を遂げ、今や飛ぶ鳥を落とす勢いとか。藩主斉典《なりつね》公の信頼も厚く、今年にはいってからは藩財政も一手に任されておるようで」

「土屋なる者の素姓はわかった。いったい、どこが怪しいのだ」

「麻生屋軍兵衛《あそうやぐんべえ》なる御用商人と結託し、秘かに抜け荷や偽金の売買などをやっております」

藩のためにと公言しながら、せっせと私腹を肥やしている。いかにも奸臣《かんしん》にありがちな人物が、川越松平家の庄内転封を是が非でも成し遂げるべく、なりふりかまわず動いているという。

「ここが勝負と見極めたかのように、幕閣のお歴々へ賄賂《まいない》をばらまいております。その筆頭は水越さまにほかならず、水野家の家老は何度となく接待を受けております。もちろん、三方領地替えを阻もうとする勢力にも目を光らせておる様子で、庄内百姓の守り神となった公事師などはまず、まっさきに命を狙われて当然にござりましょう」

「土屋将監なる松平家の重臣が、得体の知れぬ刺客を雇ったと申すのか」

「証拠はござりませぬ。されど、その筋以外に、怪しい者はみあたりませぬ」

伝右衛門の勘が外れたことはない。

おそらく、読みは当たっていよう。

だが、今宵は防に神経を集中させねばならぬ。

「明日の評議が無事に終われば、新たな密命が下されるやもしれませぬぞ」

伝右衛門はふっと笑みを漏らし、つぎの瞬間には消えていた。

襖の隙間から忍びこむ夜風が、いつもより冷たく感じられる。

蔵人介は瞑目《めいもく》し、外の気配にじっと耳をかたむけた。

八

翌九日は四万六千日《しまんろくせんにち》詣《もう》で、この日に観音菩薩《かんのんぼさつ》を詣でれば四万六千日ぶんのご利益《りやく》があるというので、観音菩薩を本尊に奉じる寺院はたいそうな賑《にぎ》わいをみせる。浅草寺《せんそうじ》の参道は正午を過ぎても、立錐《りっすい》の余地もないほどの人出になっていた。蔵人介は家の連中をともない、混雑のなか、お詣《まい》りを済ませてきたところだ。屋台で求めた雷除《よ》けの赤唐黍《あかとうきび》を手に提げ、のんびりと雷門《かみなりもん》へ向かっている。

心身ともに、ほっとしていた。

朝一番で東根藤左を辰《たつ》ノ口《くち》の評定所へ送りとどけ、無事に役目を終えた。公方家慶もお忍びで臨席する評議は、おそらく、午前中で終わっているはずだ。

「さすが、元侍にござります。かの公事師、堂々とした物腰にござりました」

串部も感服するとおり、藤左は立派に役割を果たしてくれたにちがいない。南町奉行の矢部をも感動させたように、百姓たちの行状を訥々《とつとつ》と訴え、列席するお歴々の心を摑んだことであろう。

ここまでやったのだ。家慶がどんな決断を下そうとも、百姓たちに悔いはあるまい。

ともあれ、肩の荷は降りた。

つかのまの休息を楽しむには忙《せわ》しないものの、志乃や幸恵の楽しげな笑顔を眺めていると、疲れた心も和《なご》んでくるような気がした。

だが、蔵人介には行かねばならぬところがある。

市ケ谷御納戸町《いちがやおなんどまち》の家に戻り、落ちつく暇もなく外へ出た。

杏色《あんず》の大きな夕陽が、楕円《だえん》になって溶けながら落ちていく。

向かったさきは虎ノ御門外、御庭番の拝領屋敷が集まる一角だ。

左手に数珠《じゅず》を握りしめている。

憤死した中村半兵衛の遺族を訪ね、仏壇に線香の一本でもあげさせてほしいと頼むつもりでいた。

二十数家からなる御庭番の役宅は、日比谷《ひびや》御門外と雉子橋《きじばし》御門内と虎ノ御門外の三箇所に分かれている。中村の家は小十人《こじゅうにん》格の旗本なので、拝領屋敷も二百坪近くはあるはずだった。

辻番《つじばん》に聞くと、所在はすぐにわかった。

重い足を引きずって近づくと、屋敷は平常と変わらぬ佇まいをみせている。

ただ、冠木《かぶき》門を潜って玄関に近づくにつれ、抹香《まっこう》臭さが濃厚に漂ってきた。

案内の家人もおらず、主人を失った家の空虚さがひしひしと伝わってくる。

「お頼み申す」

蔵人介は意を決し、玄関先で声を張りあげた。

応対にあらわれたのは、妻らしき四十路そこそこの女だ。

若衆髷《わかしゅまげ》を結った男の子も、背後からひょっこり顔を出した。

裃《かみしも》を纏《まと》った蔵人介の風体をみて、城からやってきた使者と勘違いしたのか、母子ともども上がり端に傅《かしず》いて頭をさげる。

「使者ではござらぬ。それがし、矢背蔵人介と申す御膳奉行にござる」

「矢背さま」

ぱっと、女の顔に光が射した。

「ご姓名はかねがね、主人から聞いておりました」

そう言って、眸子を潤ませる。

「中村半兵衛が妻、栄《えい》にござります」

「そちらの男の子は、もしや、中村どのの」

「はい、一人息子の半四郎《はんしろう》と申します。ささ、どうぞおあがりください」

「されば、ご無礼つかまつる」

誘われるままに廊下を進み、奥の仏間に踏みこむ。

しょぼくれた老人がひとり、仏壇のまえにぽつねんと座っていた。

「義父《ちち》の半太夫《はんだゆう》にござります」

栄に紹介され、半太夫は眠そうな目を向けてくる。

「義父上、鬼役の矢背蔵人介さまがおみえですよ」

「ん、そうか」

半太夫はまだら惚《ぼ》けなのか、たいした反応もしめさない。

蔵人介は丁重に挨拶し、仏壇に躙りよって線香をあげた。

数珠を揉みながら、般若心経《はんにゃしんぎょう》の一節を唱える。

仏壇には、紅蓮《ぐれん》の陣羽織が捧げられていた。

公方から賜《たまわ》った時服《じふく》にちがいない。

後生《こうせい》に伝えるべき栄誉も、本人が死んでしまえば虚しく感じられるだけだ。

「倅《せがれ》の最期をお教え願えまいか」

唐突に、半太夫が問いかけてきた。

「無理にとは申さぬ。できるところまででよい」

文を受けとった者の責務として、じつは、問われたら語るつもりでやってきた。

遺された者たちに壮絶な最期を教えてやってほしいと、中村に頼まれたような気がしていたのだ。

「半兵衛どのは立派な最期を遂げられました」

息子であり夫であり父親でもある御庭番の死に様を、三人はみじろぎもせずに聞いた。そして、さめざめと涙を流したのである。

はなしを聞き終え、半太夫は深々と頭を垂れた。

「かたじけのうござった。これで一片の迷いもなく、息子を常世《とこよ》へおくることができまする」

父親のことばを、蔵人介は複雑な気持ちで受けとめた。

はたして、自分が語るべきことであったのかどうか。

「お城からの御使者は『中村どのは立派にお役目を果たされた』とだけ仰せになり、上様からの頂き物を置いていかれました。たったそれだけにござる。無論、御庭番とはそうしたもの、文句を言う気は毛ほどもありませぬ。ただ、虚しゅうて虚しゅうて、夜も眠れずにおりました。そこへ、半兵衛が友と慕っておった矢背さまがお越しになり、いかにも半兵衛らしい死に様を語ってくだされた。庄内の百姓たちが慕う文隣和尚を、半兵衛は見殺しにできなかった。それゆえ、命を賭《と》してでも救おうと心に決め、心のままに散っていったのでござりましょう。おそらくは、一片の悔いも残さず、あの世へ逝ってくれたに相違ない……そ、それがわかっただけでも、後顧で弔う者の心は晴れまする……う、うう」

歔《むせ》び泣く老いた父親に一礼し、蔵人介は仏間を離れた。

冠木《かぶき》門では、目を赤く腫《は》らした母子に見送られながら、仇《かたき》はかならず討ってやると、胸に固く誓った。

外はすっかり暗くなっている。

歩きはじめたところへ、小田原《おだわら》提灯が揺れながら近づいてきた。

「殿……と、殿……」

提灯持ちの後ろから、横幅のある串部が必死の形相で駆けてくる。

「……た、たいへんにござります」

「どうした。まずは、息を整えよ」

「はっ……ひ、評議が延期と相成りました……く、公事師の身を守るべく、公事宿へ急行せよとの命にござります」

「何を今ごろ、伝右衛門が伝えてきたのか」

「いいえ、これにある佐平《さへい》なる小者が、矢部駿河守さまの伝言を携えてまいりました」

事の経緯が判然としない。

何故、評議は延期になったのか。

しかも、何故、延期になったことを、橋は把握できなかったのか。

把握できていれば、いち早く伝右衛門を蔵人介のもとへ走らせたにちがいない。

「経緯はわかりませぬ。おおかた、上様が体調でもくずされたのでしょう。あるいは、水越さまが横槍を入れたのやもしれませぬ。ともあれ、機会が失われたわけではござらぬ。明日、明後日にでも呼びだしが掛かるやもしれぬゆえ、公事師の身を守れとのお指図にござります」

串部の声を背中で聞きながら、蔵人介は駆けに駆けた。

東海道をひた走り、京《きょう》橋も日本《にほん》橋も越え、魚河岸を突っ切って東をめざす。

小者の佐平は韋駄天《いだてん》自慢らしく、道をまちがえずに提灯で先導してくれる。

やがて、浜町河岸がみえてきた。

串部は息を切らし、遥か後方から追いすがってくる。

「待ちますか」

「いや、放っておけ」

佐平とふたり、河岸に沿ってしばらく駆けた。

眼前の汐見《しおみ》橋を渡れば、馬喰町は目と鼻のさきだ。

「ん」

橋の手前に、黒頭巾の女が蹲《うずくま》っている。
物騒《ぶっそう》なので放ってもおけず、蔵人介は身を寄せた。
後ろから、佐平が提灯を翳《かざ》す。
「どうなされた」
蔵人介は、優しげに問いかけた。
振りむいた女の顔は、壁のように白い。
何も言わずに赤い口を尖らせ、ふっと何かを吹いてみせる。
おもわず避《よ》けた刹那、後ろの佐平が悲鳴をあげた。
両手で顔を押さえて地べたに転がり、動かなくなってしまう。
首筋に触れると、脈は止まっていた。
毒液を浴びたのだ。
「ぬっ」
蔵人介は振りむきざま、腰の鳴狐を抜きはなった。
女は地を蹴り、ふわりと橋の欄干《らんかん》に飛び移る。
「おぬし、羽黒三人衆のひとりか」
問いかけるや、妖艶《ようえん》な笑い声が闇に響いた。

「ほほほ、於母影《おもかげ》の毒液を避けるとはのう。おぬしが鬼役か。ふふ、なかなかによい男振りではないか。剣もできるようじゃし、われらの仲間にならぬか。安っぽい忠義なぞ捨てて、金を摑めばよかろう。憂き世を忘れ、酒と女に溺れるのも一興じゃぞ」

「抜かせ」

水平斬りを繰りだすや、女は高々と宙に舞い、そのまま川へ落ちていった。

——ばしゃっ。

暗い川面に水飛沫があがる。

破れ提灯を拾って翳すと、花色模様の着物だけが川面に浮かんできた。

「殿、殿、どうかなされましたか」

串部が必死に追いすがり、後方から叫びかけてくる。

その声を無視し、蔵人介は脱兎《だっと》のごとく駆けだした。

九

公事宿へ躍《おど》りこんでみると、惨状が広がっていた。

防の陣頭指揮を執っていた庄司与志右衛門は鉛弾に撃たれて頓死《とんし》し、ほかに同心一名と小者三名が悲惨な死に様を晒《さら》している。

公事師の東根藤左は一命を取りとめたものの、肩や胸に深傷《ふかで》を負っていた。

蔵人介よりもさきに駆けつけていたのは、塗りの陣笠をかぶった意外な人物である。

「おい、鬼役、こっちだ」

手招きしてみせたのは、北町奉行の遠山左衛門少尉景元《さえもんのしょうじょうかげもと》にほかならない。

矢部の苦境を察し、手勢を率いて助っ人に繰りだしたのだ。

「相手はたったふたりだ。行商に化けた男と下女に化けた女でな、おれが着いたときは与力が撃たれたあとだった。刀を使って公事師に深傷《ふかで》を負わせたのは、女のほうだ。あと少し着くのが遅れていたら、公事師は膾《なます》斬りにされていたところさ」

金瘡医《きんそうい》を呼んで手当てさせたので、とりあえず一命は取りとめた。

だが、公事師を救ったことで、遠山は不利な立場に追いやられるかもしれなかった。

「なあに、心配《しんぺ》えはいらねえ。上からどうおもわれようが、へらへらしながら乗りきってみせるさ。ところで、おれに聞きてえことがあんじゃねえのか」

勘定奉行のころから親密な交流があるので、遠山はべらんめえな口調で問うてくる。

蔵人介は眉間《みけん》にしわを寄せた。

「ございます。何故、評議は延期になったのでございますか」

「延期じゃねえ。無くなったのさ」

「えっ」

「御老中の方々もおれたち五奉行も、大目付と目付も揃っていたんだ。いつまでもすがたをみせなかったのは、老中首座の水越さまと上様でな、肝心のおふたりがあらわれねえことにゃ、はじめるわけにもいかねえ。午前中いっぱい待たされ、腹の虫が鳴りまくったころに、取りやめのお達しがあった。たぶん、水越さまが上様に直談判したんだろうよ。おかげで、公事師の晴れ舞台は永遠になくなったってわけだ。逆しまに言えば、水越さまはそれだけ公事師を警戒していたってことになる」

評議の差配役でもある矢部は、遠山が同情を禁じ得ぬほど落胆していたらしい。

東根藤左も命懸けで百姓たちの窮状を訴えるつもりだっただけに、梯子《はしご》を外された気分だったにちがいない。

だが、評議の中止とともに、公事師の命を狙う理由も無くなったはずだ。

「抗う勢力の禍根《かこん》を断とうとしたのさ。おれもまさかとはおもったがな、不吉な予感がしたんで来てみたら、案の定、このざまだ」

「羽黒三人衆という名をお聞きになりましたか」

「公事師がうわごとでつぶやいていたな。得体の知れねえ連中を雇ったやつがいるってことさ。でもな、水越さまじゃあるめえ。あのお方が動くとすれば、もっとましな手を使うだろうぜ。少なくとも、的を外すような失敗《しくじ》りは許さねえ。刺客を送りこむにしても、確実に的を仕留める者を使う。たとえば、おめえだ。鬼役ってのは、切り札にちげえねえからな。ふふ、冗談だよ。おっかねえ顔をするなって」

遠山は「あとは任した」と発し、自分の手下をとりまとめるや、潮が引くように去っていった。

矢部への義理を果たしたのちは、長居する気もなかったのであろう。

遠山はおそらく、三方領地替えの布令を本気でひっくり返そうとはおもっていない。

北町奉行として、ほかにやることは山ほどある。職や首を懸けてでも反対するような案件ではないのだ。

遠山は、水野忠邦にそれほど期待されてもいなかった。にもかかわらず、今のところ上手に立ちまわっている。むしろ、期待されていた矢部のほうが苦境に立たされつつあった。

が、蔵人介にしてみれば、身分の高い連中の思惑など詮索する気もない。

関心があるのは、中村や庄司の命を奪った羽黒三人衆と三人衆を雇った黒幕のことだった。そして、できることなら、酒井家のもとで庄内に留まりたい百姓たちの総意を叶えてやりたい。

おそらくはそれが、おのれの存念を吐露できなかった中村半兵衛という御庭番の願いでもあったとおもうからだ。

しかし、公方臨席の評議が取りやめになった以上、ほかに方策はみつからぬ。刺客や黒幕を葬ったところで、三方領地替えの大方針が転換されぬかぎり、中村の仇を討ったことにはなるまい。

うち沈む蔵人介の耳に、串部の声が聞こえてきた。

「殿、公事師が目を覚ましましたぞ」

やおら立ちあがり、奥の部屋へ向かう。

すでに、串部は金瘡医に容態を確かめ、自分の目で肩や胸の傷も調べていた。

「殿、こちらへ」

「かなりの深傷ですが、おそらく、命は取りとめましょう」

「ふむ」

「はなしはできるのか」

「本人が、それを望んでおります」

串部に目配せされ、金瘡医は部屋から出ていった。

襖を閉めきった部屋は、血腥《ちなまぐさ》い臭いに包まれている。

東根藤左は目をかっと開き、天井を睨みつけていた。

「からだをわずかでも動かせば、錐《きり》で刺されたような痛みを感じましょう」

串部に言われ、蔵人介はうなずいた。

顔を近づけると、藤左は眸子《まなこ》を潤ます。

「……や、やられてしまいました」

「ああ。されど、運が良いぞ。命はまだある」

「……ま、まことに」

藤左は笑いかけ、激痛に顔を歪《ゆが》めた。

「……お、お願いがござります」

「ふむ。何でも申してみよ」

「……じ、じつは、かようなこともあろうかと……き、切り札を用意しておりました」

「切り札」

「……は、はい」

数日前、庄内から荷駄《にだ》を一輛運ばせるように手配したのだという。

「……ぶ、文隣和尚に頼みました。荷駄は東北道を南下し、明日じゅうには千住宿《せんじゅ》へ到着するはず」

その荷が無事に届きさえすれば、幕府の布令をひっくり返す切り札になるという。

「……は、旅籠《はたご》は千住掃部《かもん》宿の……だ、大黒屋《だいこく》にござります」

「荷の中身は」

「……い、言えませぬ。口にいたせば、望みが消えてしまうゆえ」

験《げん》を担ぐつもりなら、敢えて聞くまい。

藤左は疲れたのか、瞼《まぶた》を閉じた。

さらに、鼾《いびき》を掻きはじめる。

蔵人介は、ぎゅっと藤左の手を握った。

このまま、逝《い》ってしまうような気がしたのだ。

「起きてくれ。千住宿へ馳せ参じ、荷を守れというのだな」

藤左は薄目を開け、縋《すが》るようにうなずいた。

「して、何処へ運ぶのだ」

さらに問いかけると、重い口が微かに開く。

「……す、駿河守さまのもとへ」

そう漏らし、深い眠りに陥ってしまった。

つぎに目を覚ますのがいつになるのか、蔵人介にも串部にもわからない。

ともあれ、千住宿へ向かってみるしかなかった。

「殿、闇に乗じてまいりましょう。敵に動きを気取られぬように」

串部が、いつになく真剣な顔を向けてくる。

蔵人介は顎を引き、褥から身を離した。

十

千住宿は日本橋《にほんばし》から二里、奥州《おうしゅう》街道一の宿場である。

長さ六十六間《けん》におよぶ千住大橋を挟んで、南北に長々と宿場が広がっていた。

戌《いぬ》の五つ（午後八時）を過ぎているので、眼下に流れる隅田川はどす黒く、川音だけが恐ろしいほどに響いている。秩父《ちちぶ》の山で伐《き》りだされた材木は橋の南詰めで新たな筏《いかだ》に組みかえられるため、橋手前の小塚原町《こづかっぱらまち》や熊野《くまの》神社周辺には材木問屋や筏宿が軒を並べていた。

大黒屋のある掃部宿は、橋を渡ったさきにある。

急ぎ足で橋を渡ると、静まりかえった南側よりも賑わいがあり、旅籠を探す旅人のすがたも散見された。

「裏手に色街《いろまち》があるのですよ」

串部は目尻をさげたが、遊んでいる暇はない。

さっそく、大黒屋を探しに走らせた。

待っているあいだに、捕り方装束の役人たちを見掛けたので、胸騒ぎにとらわれる。

串部が戻ってきた。

「このさきの左手に源長寺《げんちょうじ》なる寺がございます。大黒屋は山門脇に。素泊まりなら、まだ泊めてもらえそうです」

「荷駄が着いた気配は」

「ござりませぬな」

「よし、ひとまず、大黒屋に落ちつこう」

「はっ」

ふたりが歩きかけると、正面から物々しい一団がやってくる。どうやら、宿場に常駐する道中奉行の配下ではなさそうだ。

「そこのおふたり、すまぬが、ご姓名をお聞かせ願いたい」

擦れちがいざま、目つきの鋭い役人に誰何《すいか》された。

串部が憤然と眸子を剝き、唾を飛ばして抗議する。

「藪《やぶ》から棒に無礼であろう。さきにみずから名乗り、目途を告げよ」

「ふん、威勢のよい従者だな。されば、名乗って進ぜよう。川越藩松平家物頭並《ものがしらなみ》、的場雲平《まとばうんぺい》じゃ」

「川越藩だと」

串部は内心の動揺を隠し、狡猾《こうかつ》そうな狐顔の相手を睨みつける。

「何故、川越藩松平家のご家中が通行人を誰何なされる」

「川越城の御金蔵《ごきんぞう》が荒らされてな、盗人どもが千住宿に潜んでおるという一報を受けたのじゃ」

「ほう、御金蔵破りでござるか。それはまた難儀なことで」

「お上にも許しを得てのことゆえ、いかような探索をおこなおうとも、文句を言われる筋合いはない。さあ、名乗ってもらおう」

身構える串部の肩を摑み、蔵人介が前に進みでた。

「幕府馬買役《うまかいやく》、山田《やまだ》忠《ちゅう》右衛門《えもん》と従者の川田六郎《かわたろくろう》にござる」

「馬買役とな」

「はい。陸前浜《りくぜんはま》街道に沿って、三春《みはる》、相馬《そうま》と立ちより、名馬の産地である盛岡《もりおか》へ足を延ばす所存にござる」

「なるほど、馬を探しに向かわれるのか。盗人を捜すよりは、まだましかもしれぬな。ぐは、ぐはは」

的場なる下司《げす》は莫迦《ばか》笑いし、背を向けて遠ざかっていく。

ぺっと、串部が唾を吐いた。

「いけすかぬ野郎め。殿、どうおもわれますか」

「盗人捜しに託《かこつ》けて、文隣和尚の送った荷駄を探しておるのやもしれぬ」

「秘密が漏れたのでしょうか」

「漏れたとしても驚きはせぬ。荷駄が鶴岡《つるおか》から出立したとすれば、ここまで十五日から二十日はかかろう。それよりも以前に、公事師の藤左は文隣と段取りを交わしておったのだ。それだけの猶予があれば、つねに庄内の情勢を注視しておる敵が荷駄のことを察知しても不思議ではない」

荷駄は鶴岡から山形までは六十《ろくじゅう》里《り》越《ごえ》街道を通り、山形から福島《ふくしま》の桑折《こおり》までは羽《う》州《しゅう》街道を、さらに、桑折から千住までは奥州街道をたどってくるはずだ。道程は百五十里を越えるので、途中で邪魔がはいらぬと仮定しても、無事にたどりつける保証はなかった。

「到着するのを祈るしかないな」

「それにしても、何なのでしょうね、荷駄の中身は」

思案投げ首の串部をともない、蔵人介は『大黒屋』と屋根看板に書かれた旅籠へやってくる。

敷居をまたぐと、人の好さそうな番頭が揉み手で近づいてきた。

「お待ちしておりました。お武家さま方は、素泊まりでよろしいのですよね。足を洗う下女も出払っておりますが、ご勘弁願えますか」

「おらぬものは仕方あるまい」

串部は不機嫌そうに吐きすてて、くたびれた草履《ぞうり》を脱ぎ捨てる。

「あの、お足のほうが先払いになっておりまして」

「まことかよ。木賃宿と同じではないか」

「とんでもございませぬ。ちゃんと据え風呂がございます」

「ふん、あたりまえだ」

串部が渋々路銀《ろぎん》を払っているあいだ、蔵人介は土間の囲炉裏に集まる客たちのほうに目をやる。

そのなかのひとりが、じっとこちらをみつめていた。

小間物を商う行商人の風体だが、眉の濃い厳《いか》めしげな面構えは侍のようでもあり、まだ二十歳そこそこの若々しさゆえか、養子の卯三郎を彷彿《ほうふつ》とさせる。

蔵人介は若者に軽く会釈し、番頭の案内で部屋へ向かった。

二階の奥にある蒲団部屋のような部屋だが、我慢するしかない。

とりあえず据え風呂に浸かって疲れを取り、空腹をどうやってしのごうか思案していると、表口が何やら騒がしくなった。

「宿検《やどあらた》めにございます。みなさま、よろしゅうお頼み申します」

番頭の声が響きわたり、客たちはそわそわしはじめる。

鉢巻き姿の捕り方どもが、階段をどたどたあがってきた。

廊下の一番端から部屋の戸を開くたび、大小の悲鳴が聞こえてくる。

串部は立ちあがり、先手を打って戸を引きあけた。

「おっ」

対峙した相手は、さきほどの的場雲平と名乗った男である。

「何だ、馬買いか」

莫迦にするような台詞を吐かれ、串部は怒りで顔を染めた。

「何じゃと。おぬし、幕臣を愚弄《ぐろう》する気か」

襟首を摑もうと一歩踏みだしたところへ、横合いから仲裁がはいった。

「的場さま、いけませぬぞ。幕臣のお侍をからかっている暇などござりませぬ」

手下でもない。商人風体の肥えた男だ。

「麻生屋、出しゃばるでない」

と、口では強がりを言いつつも、的場は素直に鉾《ほこ》を納める。

――麻生屋。

たしか、伝右衛門の口から出た屋号だ。

松平家の御用商人が、何故、宿検めに参じているのか。

蔵人介は身をかたむけ、商人の顔をみた。

茄子《なす》のように曲がった顔で、細長い鼻も曲がっている。

——鼻曲がり。

その呼び名も、何処かで聞いた気がする。

おもいだした。

黒髭と名乗る刺客が漏らしていた。

筒を使う羽黒三人衆のひとりが、御用商人に化けているのだとすれば、宿検めに参じている説明もつく。

荷駄と荷駄を運んできた者たちを亡き者にする肚《はら》なのであろうか。

向こうも、蔵人介のことをじっとみていた。

何か察するものがあったのか、麻生屋は眸子を細める。

「お武家さま、ちと掌《てのひら》をみせていただけませぬか」

「ん、何故であろうな」

「馬買役ならば、毎日のように馬を攻めておるはず。掌に手綱《たづな》を握った痕跡がありましょう」

横から、串部が声を荒らげる。

「……ぶ、無礼者。商人の分際《ぶんざい》で幕臣を疑う気か」

蔵人介は前歯を剝く従者を制し、さっと立ちあがって左右の掌を差しだした。

掌は鉄でも嵌《は》めたように硬く、豆の潰れた痕跡も随所にある。

いずれも剣術の稽古でついたものだが、手綱と判別はつくまい。

「とんだご無礼を」

麻生屋は慇懃《いんぎん》な態度で謝り、的場たちとともに居なくなる。

「串部、あやつを尾《つ》けてみよう」

「はっ」

ふたりは役人たちが居なくなるのを待って、勝手から外へ出た。

掃部宿は閑散とし、役人たちのほかには人っ子ひとりみあたらない。

遠く橋のたもとに、夜鳴き蕎麦《そば》の湯気がみえる。

串部が恨めしげに、くうっと腹を鳴らしてみせた。

十一

掃部宿を背にして、御用地は橋の手前左手、人馬《じんば》継立《つぎたて》などをおこなう問屋場《といやば》は橋向こうにある。

的場雲平と麻生屋に率いられた川越藩の役人たちは、忙しなく移動しながら旅籠を一軒ずつ検めていき、あらかた終わると御用地のほうへ引きあげた。大きな御用屋敷が建っており、そちらへ消えていったのだ。

串部と外で様子を窺っていると、麻生屋だけが表門から出てくる。

尾《つ》いていくと御用地からも出て、左手の暗がりへ向かっていった。

荒川の川音が近くに聞こえている。

行く手に広がっているのは、田圃《たんぼ》であろう。

金比羅《こんぴら》社の灯《あか》りだけが、ぽつんと点《つ》いている。

麻生屋はその灯りをめざし、ゆったりと進んでいった。

手に提灯を提げているので、半丁《ちょう》（約五十五メートル）近く間合いを開けても見逃す恐れはない。

「鼻曲がりめ、何をしに行く気でしょうな」

串部が囁きかけてくる。

「ひょっとしたら、誘っているのかもしれませぬぞ」

蔵人介も、途中からそうおもいはじめていた。

ふたりの思惑を嘲笑《あざわら》うかのように、提灯は鳥居を潜り、拝殿へ通じる石段をのぼりはじめる。

ふたりは間合いを詰めるべく、裾を端折《はしょ》って駆けだした。

鳥居を潜り、石段を一気に駆けあがる。

拝殿へつづく参道へ出てみると、人影は消えていた。

提灯が参道の途中に捨てられ、破れたまま燃えている。

「くふふ、やはり、おぬしらか」

二列に並ぶ石灯籠の裏から、麻生屋があらわれた。

「馬買いなどと嘘を言いおって。怪しいと踏んでおったのじゃ」

「おぬし、羽黒三人衆のひとりか」

蔵人介の問いに、麻生屋は薄く笑う。

茄子顔が、ひしゃげたようになった。

「くふふ、黒髭のやつが余計なことを喋ったらしい。うぬら、公事師の盾になった連中だな。おぬし、矢背蔵人介とか申す鬼役であろう。調べたぞ、幕臣随一の剣客らしいな。いったい、誰の命で動いておる。南町奉行の矢部ではあるまい。あやつに隠密を操る才覚はありそうにないからの。となれば大目付か、もしくは、幕閣老中の誰かか、あるいは……」

「当て推量はそのくらいにしておけ。おぬしこそ、松平家の土屋将監とかいう重臣に雇われておるのだろう。得体の知れぬ悪党に御用商人の御墨付を与えたのも、土屋の仕業《しわざ》なのか」

「土屋さまは、わしらの力を高く買《こ》うてくれた。報酬分の仕事をすれば、またつぎがある。甘い汁を吸いつづけることができるというわけじゃ」

「羽黒山の名を名乗る以上、庄内の百姓たちに思い入れもあろう。百姓たちを裏切って平気なのか」

「ふっ、おもしろいことを抜かす。山を住処《すみか》とする修験者《しゅげんじゃ》は人にも土地にも縛られぬ。百姓なんぞは虫螻《むしけら》も同然よ。二君につかえずなどと偉そうなことを喚《わめ》いておるが、所詮は飢えるのが恐いだけ。自分たちのことしか考えておらぬわ。水野忠邦に刃向かいたい連中が、虫螻どもの掲げた大義名分を利用しようとしているだけのことじゃ。されど、すべては無駄骨に終わろう。身の程を知らぬ連中には、それをわからせてやらねばなるまい」

「されど、おぬしの雇い主は、庄内の百姓たちを恐れている。侮りがたいとみて、わざわざ千住宿にも網を張らせたのであろう」

「そこよ。おぬしらもこの千住宿にあらわれた。於母影が嗅ぎつけてきたとおり、庄内から荷駄が運ばれてくるということじゃ」

於母影とは、毒液を吹いた女刺客のことだ。

やはり、敵も荷駄を探しているのだと合点した。

蔵人介は、ぐっと相手を睨みつける。

「それで、どうする気だ」

「もちろん、生きては帰さぬさ」

鼻曲がりこと麻生屋が身構えると、背後にも殺気が膨らんだ。

石段を駆けのぼってきた大きな人影は、黒髭にほかならない。

大股で無造作に近づき、右手に提げたものを抛《ほう》ってみせる。

「ほれよ」

「うっ」

串部が仰《の》け反《ぞ》った。

ふたつの生首が鞠《まり》のように転がってくる。

「公方の命を受けた御庭番どもじゃ」

黒髭ではなく、鼻曲がりのほうが叫ぶ。

「くふふ、ひとり目の男と同様、公方の密命を果たせなんだがな」

ひとり目の男と聞き、怒りが込みあげてきた。

「中村半兵衛を殺《あや》めたのは、おぬしなのだな」

「ほう、あの御庭番と知りあいなのか。あやつ、なかなかに強うてな、一刀流の練《れん》達《たつ》でもある的場さまが手こずったゆえ、わしが手を貸してやったのじゃ。的場さまは情けを知らぬ。ご主人の土屋将監さま以上でな。わしが弾いた男の腹に、おのれの刀を差しこみおったのさ」

「何だと」

「ふん、今にしておもえば、あそこで文隣とか申す和尚を殺《あや》めなんだのが、まちがいのはじまりよ。まさか、百姓どもの旗頭として、ここまで増長《ぞうちよう》しおるとはおもわなんだからな。さて、あの世への土産話がちと長うなった。そろりと、逝ってもらうか。おい、黒髭」

「うおっ」

大男が素早く身を寄せ、錫杖を振りまわす。

身を沈めた途端、後ろの石灯籠が粉微塵《こなみじん》に砕かれた。

「殿っ」

串部が地を這い、両刃の同田貫を抜刀する。

「くりゃ……っ」

必殺の臑刈りを出した。

──がつっ。

黒髭は錫杖で受けるや、前蹴りを繰りだす。

「ぬわっ」

どんと胸を突かれ、串部が後ろへ吹っ飛んだ。

その間隙を逃さず、蔵人介は鳴狐を抜刀する。

──ひゅん。

薙《な》ぎあげた。

「うぬっ」

黒髭の左腕が輪切りにされ、鎌のように回転しながら宙に飛ぶ。

それでも、化け物は倒れない。

「ぐおっ」

錫杖を片手で振りまわし、正面から襲いかかってきた。

これを食いとめるとみせかけ、蔵人介は小脇を擦りぬける。

擦りぬけつつ、脇胴を抜くや、裂けた傷口から臓物《ぞうもつ》が溢《あふ》れた。

「ふわああ」
それでも、黒髭は振りむいて抗おうとする。
「退《の》け、黒髭」
鼻曲がりが叫んだ。
十間（約十八メートル）ほど離れて立ち、銃身の短い連発筒を構えている。
――ぱん。
弾かれた一発目が、蔵人介の鬢《びん》を掠《かす》めた。
どさっと、黒髭が足許に倒れこんでくる。
死なずに、何と足首を摑んできた。
「つぎは外さぬぞ」
鼻曲がりは吐きすて、狙いを定める。
逃げようにも、身動きができない。
――ぱん。
乾いた筒音が響いた。
刹那、眼前に人影が過ぎる。
弾除けになるべく、串部が飛びこんできたのだ。

「ちっ」

鼻曲がりは舌打ちし、こちらに背を向けた。

脱兎のごとく駆け、拝殿の裏へ消えてしまう。

「串部、串部」

蔵人介はことされた黒髭の手を解き、従者のもとへ駆けよる。

肩を抱きおこすと、串部は閉じた眸子を開け、にっと笑った。

「……う、撃たれたような気もいたしますが……い、痛みを感じませぬ」

傷を調べてみると、大きな尻のほうから硝煙の匂いがする。

後ろを向かせて布を破くと、左の尻っぺたに鉛弾が食いこんでいた。

蔵人介は脇差を抜き、微塵の躊躇《ちゅうちょ》もみせず、切っ先を突きさす。

「ぐへっ」

串部は暴れかけた。

「動くでない」

「ひゃっ」

傷口を十字に裂き、奥まで指を突っこむ。

探りあてた鉛弾を穿《ほじく》りだし、脇へ捨てた。

「前でなく、後ろでよかったな」

「後ろも痛うござる」

串部は眸子を閉じ、額に脂汗を滲ませる。

「まことの痛みは、ここからだぞ」

「へっ」

印籠《いんろう》から黒い粉を取りだし、傷口の周辺に塗《まぶ》す。

そして、蔵人介は燧石《ひうちいし》を打った。

ぼっと、火が点《つ》く。

「ぎゃっ」

黒い粉は火薬だ。

あまりの激痛に、串部は気を失ってしまう。

荒療治だが、数日すれば傷は癒《い》えるであろう。

「さて、どうする」

鼻曲がりのあとを追い、御用屋敷へ踏みこむべきか。

得策ではないので、ほかの手を考えていると、参道脇の木陰から何者かが近づいてきた。

さっと身構え、刀の柄に手を添える。

「お待ちを。それがし、酒井家の家臣で、本間達之助《ほんまたつのすけ》と申します」

近づいてきた人物は、行商人に身を窶《やつ》していた。

大黒屋の囲炉裏端から、こちらをみていた若者だ。

「一部始終を窺っておりました。お味方とお見受けいたします」

本間と名乗る若者は刀の届かぬ間合いで立ちどまり、深々とお辞儀をしてみせた。

十二

本間達之助は文隣和尚の依頼を受け、鶴岡《つるがおか》城下から一輛の荷駄を運んできた。一隊は総勢十二人からなり、指揮を執るのは天童弥門《てんどうやもん》という本間の上役らしい。剣客でもある天童は酒井家の家臣であることを隠すため、荷役夫に化けていた。本物の荷役夫は七人で、あとの三人も腕自慢の酒井家家臣だという。

「荷駄は二里手前の草加《そうか》宿まで達しておりましたが、それがしとあとひとりが先遣《せんけん》し、千住宿の様子を窺いにまいったのです」

川越藩の連中が網を張っていたので、ひとりは草加宿まで急いで報告に戻った。

本間だけが残り、江戸で迎えいれてくれるはずの味方と連絡《つなぎ》を取ろうとしたのだ。

「酒井家のわれらは、江戸の縄張り内に踏みこめませぬ。万が一にも身分が判明いたせば、筵旗を振る百姓たちに加担したと責められましょう。そうなれば、われら五人が罰せられるだけでは済みますまい。下手をすれば、御家が断絶《だんぜつ》となるやもしれませぬ。それゆえ、どうしても、東根藤左の手配したお味方に荷駄を委《ゆだ》ねねばならぬのです」

荷を委ねるべき者は、蔵人介ということになる。

評議に臨む機会を失ったうえに深傷を負った藤左の事情を知り、本間は落胆の色を隠せなかった。

ともあれ、荷駄を追わねばならない。

千住宿は危ういとの一報を受け次第、一行は草加宿を出立して横道から西へ二里ほどたどり、日光《にっこう》御成《おなり》街道の川口《かわぐち》宿へ向かうはずだという。

川口宿から渡し船で荒川を渡り、二里半ほどさきの本郷追分《ほんごうおいわけ》をめざすのである。

蔵人介は怪我を負った串部を宿場に残し、本間とふたりで川沿いを西へ進んだ。

道なき夜道をたどり、夜明けまでには川口宿にたどりつこうとおもっていた。

本間は暗い道を進みながら、みずからのことを語りはじめた。

「姓のとおり、それがしは本間家に縁《ゆかり》のある者にござります」

羽州随一の豪商は誰かと問われたら、まっさきにあがるのが本間家である。大名貸や北前船《きたまえぶね》の商取引で稼いだ金で耕作地を買い、大名よりも広い土地を持つ商人となった。先々代の光丘《みつおか》は最上《もがみ》川の灌漑普請《かんがいぶしん》や防砂林の構築、飢饉の金穀《きんこく》設営などに身代《しんだい》を擲《なげう》ち、大いに助かった庄内藩に五百石三十人扶持の士分で抱えられた。

爾来《じらい》、本間家は庄内藩の台所をも任されるようになったという。

今当主の光暉《みつあき》も藩への貢献は高く、たとえば、藩が幕府から日光東照宮《にっこうとうしょうぐう》の廟《びょう》修繕で三万両の献金を命ぜられたときは、費用の大半を献じていた。越後長岡転封の幕命が下りた際も、四万二千両におよぶ転封費用の負担を申し出るとともに、裏では百姓たちの蹶起を支えつづけている。

本間達之助も酒井家の家臣でありながら、本間家の血筋であることに矜持《きょうじ》を抱いていた。

「庄内の百姓を守ることは、酒井家をお守りすることに通じる。本間家の当主はかねがね、そう申しております。それがしも、家訓として肝に銘じているのです」

あまりに熱弁をふるうので、蔵人介は荷の中身を聞きそびれた。

そのうちに会話も途切れがちになり、ふたりは黙々とさきを急いだ。

川口宿へ着いたのは、東の空が白々と明け初めたころである。

宿場には乳色の靄《もや》が掛かり、荒川の渡しを見定めるのも難しい。

ただし、旅籠の数は十軒ほどしかないので、六十軒近くもあった千住宿とは異なり、荷駄の一行を探す苦労はさほどなかった。

「あれを、目印にござります」

大野《おおの》屋という旅籠脇の馬繫柵を見上げると、赤い手拭いが風に吹かれて馬の鬣《たてがみ》のように靡《なび》いていた。

そばに近づいてみると、手拭いには花や御所車《ごしょぐるま》が色彩豊かに描かれている。

「花紋燭《かもんしょく》の絵柄にござります」

本間は胸を張った。

花紋燭とは、先代家斉に献上したことで庄内藩の名物となった絵蠟燭《えろうそく》のことらしい。

さっそく表戸を敲《たた》いてみると、番頭らしき者が眠そうな顔で応対にあらわれた。

本間が名乗ろうとしたところへ、廊下の奥から緊張した顔の男があらわれる。

荷役夫に身を窶していているものの、侍であることは風貌ですぐにわかった。

天童弥門という本間の上役にちがいない。

「外へ」

ふたりは誘われ、旅籠の裏手へまわった。

納屋《なや》があり、入り口にふたりの見張りが立っている。

いずれも、天童の配下であった。

納屋のなかに、荷駄を隠したのだろう。

天童は足を止め、振りむいた。

「あらためて名乗り申す。それがしは酒井家家臣、天童弥門にござる」

「矢背蔵人介にござる。公事師の東根藤左どのに依頼され、荷駄の防にまいった」

「おひとりか」

「いかにも」

呆《あき》れた様子の天童に向かい、本間が早口で事情を説いた。

天童は仕舞いまで耳をかたむけたものの、苛立《いらだ》ちと焦燥《しょうそう》を抑えきれない。

「藩の密命ゆえ、荒川より向こうへは随行できぬ。万が一、川向こうで敵に襲われたとしても、われらは遠くから眺めておるしかない。口惜しいが、ここまでが限界なのでござる」

「苦しいお立場は、よくわかります。それほど守らねばならぬ荷の中身とは何なのであろうか」

「えっ。荷の中身をご存じないのか」

「中身を口にすれば望みが消えてしまうと、藤左どのが仰ってな」

「かしこまった。されば、ご覧に入れよう」

蔵人介は天童に導かれ、納屋のなかへ踏みこんだ。

筵の覆いを取ると、いくつもの木箱が堆《うずたか》く積まれている。

天童は本間に命じて木箱のひとつを運ばせ、蓋を外してみせた。

さらに、柿渋《かきしぶ》の塗られた紙包みを除くと、分厚い書面の束があらわれる。

綴《と》じられた一冊を取り、天童はうやうやしく手渡してきた。

蔵人介は一枚目を捲《めく》り、ぐっと眉根を寄せる。

書面には、下手くそな字で人の名が列記され、名の下には血判が捺《お》されてあった。

「百姓たちの血判状にござる」

「これらすべてが」

蔵人介は驚きと感動でことばを震わせ、山と積まれた木箱をみた。

「さようにござります。わが酒井家の転封に抗い、七万の百姓たちが書き慣れぬ名を書き、指を切って血を流しました。その証拠《あかし》がここにござる。公方さまに是非とも、ご覧になっていただきたい。そして、転封の公布を覆していただきたい。それこそが、忠器公をはじめとする酒井家の者たちすべての願いなのでございます」

命を賭して守るべきものだと、蔵人介も確信できた。

是が非でも、数寄屋橋御門内の南町奉行所へ送りとどけねばなるまい。

だが、敵が指をくわえて眺めているとはおもえなかった。

「靄が晴れたら、さっそく川を渡りましょう。われらはそばにおられませぬが、遠目から気を送ります。のう、達之助」

天童は本間を振りむき、はじめて朗らかに笑った。

ここにいたるまで苦労を重ねた藩士たちの願いも、蔵人介はどうにかして叶えてやりたいとおもった。

十三

靄は晴れた。

しかし、渡し船の出航までは一刻《いっとき》（二時間）ほど待たねばならなかった。

そのあいだに、荷台から木箱をすべて降ろし、貸し切った荷船に積みかえる。

雇った荷役夫は七人もいるので、さほど労力を使わずに済んだ。

宿場じゅうに目を光らせていたが、追っ手の影はなかった。

どうにか出航まで漕ぎつけたので、天童や本間は胸を撫でおろす。

ただし、酒井家の五人とは桟橋《さんばし》で別れねばならない。

「矢背さま、われらは別の渡し船でまいります。ここからさきは何があろうとも、われわれは手出しができませぬ」

天童のことばにうなずくと、本間が手を握りしめてきた。

「どうか、よしなに。わが藩の行く末は、矢背さまに託すしかありませぬ」

「ふっ、気が重い役目だな」

冗談とも本気ともつかぬ返事をし、前後ふたりの船頭に荷船を出させる。

蔵人介のほかに乗りこむのは、本物の荷役夫が三人だけだ。

それ以上は重くなりすぎて、乗せられぬと拒まれた。

なるほど、川の流れは存外に疾《はや》く、落ちたら濁流に呑まれかねない。

艫《とも》で舵《かじ》を握るのは熟練の船頭ではあったが、深く刻まれた皺《しわ》に目鼻が隠れるほどの年寄りだった。

一方、船首に立って棹《さお》を操る船頭は菅笠《すげがさ》を目深《まぶか》にかぶり、手拭いで口を覆っている。
まだ若そうな印象だが、からだの線は棒のようにほっそりしていた。
ふたりの船頭は巧みな腕前を発揮し、上手に川を渡っていく。
なかほどを過ぎると、川の流れも落ちつきはじめた。
対岸はもうすぐだ。
蔵人介は船首に陣取っているので、時折、水をかぶった。
「横波だ、縁に摑まれ」
艫の船頭が叫んだ。
つぎの瞬間、荷船が左右に大きく揺れる。
――ばしゃっ。
水が頭上から襲いかかった。
ずぶ濡れになり、首を左右に振る。
ふと、顔を持ちあげた。
船頭が棹を持ちかえ、ぬっと首を近づけてくる。
はらりと、手拭いが解けた。
真っ赤な唇《くち》もとが開く。

「かっ」
口のなかから、何かが吐きだされた。
すぐ後ろの荷役夫が悲鳴をあげ、川に落ちていく。
毒液だ。
於母影という女刺客にちがいない。
「死ね」
白刃が鼻先を嘗めた。
蔵人介は反転し、女の腕を搦《から》めとる。
菅笠が外れ、風に飛ばされていった。
蔵人介は、咄嗟に銀簪《ぎんかんざし》を引きぬく。
女の黒髪が、ぱらりと肩に落ちた。
「ぐっ」
驚愕した女の白い喉に、銀簪が刺さっている。
それでも、於母影は眸子を剝き、最後の抵抗を試みた。
白刃は虚しく空を切る。
力を失ったからだは、川面に吸いこまれていった。

荷船が大きく揺れ、反動で荷の半分が川に落ちる。
「くっ」
蔵人介は着物を脱ぎ、えいとばかりに飛びこんだ。
血判状は一枚たりとも無駄にできない。
木箱を集めようと、必死に水を掻いた。
ようやく手が届いたのは、二箱だけだ。
残りの木箱は、どんどん流されていく。
川の流れには、抗すべくもなかった。
蔵人介は流れに逆らって泳ぎ、老いた船頭が差しだした棹に手を伸ばす。
棹の先端を握り、どうにか舷《ふなばた》へしがみつくと、荷役夫たちが騒ぎだした。
振りむけば、川下のほうから筏で遡《さかのぼ》ってくる連中がいる。
「半端な数じゃねえぞ」
千住宿の筏師たちが、すべて集まってきたかのようだった。
流れていった木箱は、筏師たちに拾いあげられていく。
信じられない光景に、蔵人介たちは目を白黒させた。
「おうい、おうい」

横に並んだ筏のまんなかで、蟹のようなからだつきの侍が手を振っている。
「串部か」
蔵人介はつぶやいた。
矢も楯もたまらず、川筋から追いかけてきたのだ。
「それにしても、よくぞあれだけの筏師たちを集められたものだな」
公方様の御上意とでも偽らねば、重い腰をあげさせられるはずもない。
串部ならば、その程度のはったりはかましかねなかった。
荷船は対岸へ達し、筏師の拾った木箱もひとつ残らず回収された。
新たな荷車への積みかえには、追ってきた荷役夫四人もくわわった。
荷積みのあいだ、串部は床几《しょうぎ》に座りつづけた。
「偉そうにみえますが、尻が痛くて歩けませぬのでご勘弁を」
弱音を吐きながらも、得意げな顔をしてみせる。
叱りつけてやりたくなったが、今日ばかりは自重《じちょう》するしかない。
荷の一部が流されずに済んだのは、串部のおかげなのだ。
遅れて到着した天童や本間は、一喜一憂しながらも遠目に眺めている。
蔵人介は素知らぬ顔で荷をまとめさせると、すぐに荷車を出立させた。

川を渡ったこちらの合宿は、岩淵宿《いわぶち》である。

旅籠が三軒しかない小さな宿場で、道標には「日本橋まで三里八町」とあった。脇往還《わきおうかん》として名の知られた日光御成街道の一の宿場だが、やはり、千住宿などとくらべれば閑散《かんさん》としている。

問屋場で串部の乗る駕籠を調達し、蔵人介は徒歩で荷駄を導くことにした。

半丁ばかり後ろからは、天童たちが申し訳なさそうに従《つ》いてくる。

棒鼻《ぼうはな》を抜けたら、赤羽《あかばね》、十条《じゅうじょう》と進み、王子権現《おうじごんげん》の杜《もり》を越えて、飛鳥山《あすかやま》の麓を突っ切らねばならない。そのさきは、駒込《こまごめ》、本郷とつづくのだが、まだ越えねばならぬ試練が待っていそうな気もする。

「嫌な予感は当たるものでござる」

串部が駕籠の内で吐きすてるとおり、幅四間の道に荷車を転がしていくと、棒鼻の向こうに物々しい装束の連中が立ちふさがっていた。

「殿、川越藩の連中でござるぞ」

遠目ではあるものの、でっぷり肥えたからだを朱の陣羽織に包んだ侍がこちらを睨みつけている。

かたわらで冷笑している狐顔は、宿検めで対峙した的場雲平にちがいない。

天童たちが敵のすがたをみつけ、立場も忘れて後ろから駆けよってくる。

「矢背さま、どうなされる。連中に顔を知られておられるのでは」

本間に問われ、蔵人介は奥歯をぎゅっと嚙みしめた。

いざとなれば、白刃を掲げて突破をはかるしかない。

ともあれ、酒井家の者たちを巻き添えにするわけにはいかなかった。

「御家をお守りしたいなら、何があっても関わりを持たぬことだ」

蔵人介は冷たく突きはなし、荷車をゆっくり進ませる。

串部も駕籠から降り、刀を支えにして足を引きずった。

荷役夫たちに手間賃をはずむと伝え、棒鼻へ近づいていく。

置き去りにした天童や本間は、どんどん遠ざかっていった。

「殿、何やら合戦場に向かう武者の気持ちでござりますな」

串部が四角い顎を突きだし、興奮醒めやらぬ様子で漏らす。

「ふん、落ち武者にならぬように気をつけよ」

余裕もないはずなのに、蔵人介は絶妙な皮肉で応じた。

十四

ざっと眺めたかぎり、川越藩の藩士は三十名ほどであろうか。

蔵人介は菅笠を目深にかぶり、串部にはふたたび駕籠へ乗りこませた。

主従が入れ替われば、的場雲平の目をごまかすことができるかもしれぬ。

安易すぎる手法だが、そのくらいしかおもいつかなかった。

棒鼻を過ぎると、さっそく的場に誰何される。

「待て、荷を検める」

串部が駕籠から降り、ぐいっと胸を張った。

「偉そうに何を抜かす。おぬしらは何者じゃ。いったい誰の命で、かような荷検めをいたす」

的場が応じかけると、陣羽織の侍がずいっと踏みだしてきた。

「頭《ず》が高い。わしは川越藩松平家の宿老、土屋将監である。わが川越城に忍びこんだ盗人どもを捕らえるべく、こうして仮関所を設けさせた。お上の許しは得ておるゆえ、相手が誰であろうと容赦はせぬ」

脅すように吠える人物こそ、羽黒三人衆を雇ったとおぼしき黒幕にほかならない。ぎょろ目と分厚い唇のせいか、その顔は深海に棲む醜い魚を連想させた。

串部は怯《ひる》まない。

「それがしは串部六郎太、幕府の書物《しょもつ》奉行でござる。荷台の木箱には門外不出のきわめて重要な書面が納められておるゆえ、何人であってもおみせすることはできぬ。それでもご覧になるつもりなら、重い罪に問われるのは必定《ひつじょう》でござるぞ」

「かまわぬ。的場、木箱を調べよ」

「はっ」

土屋の命で、的場が機敏に動く。

串部の正体には気づいていないようだ。

蔵人介は菅笠をかぶったまま、的場に近づいた。

「木箱をこれへ」

荷役夫が的場に命じられ、木箱のひとつを荷台の端まで抱えてくる。

「止めよ。わしは天下御免の旗本ぞ。大名家の陪臣《ばいしん》づれに勝手はさせぬ」

串部は足を踏んばらせ、あきらめ半分に叫んでみせる。

的場は聞く耳を持たず、みずからの手で蓋をこじ開けた。

柿渋の塗られた紙を破り、綴《つづ》られた冊子を取りだす。

一枚捲《めく》って顔色を変え、頁をつぎつぎに捲っていく。

「あった、ありましたぞ。土屋さま、百姓の血判状にござります」

「よし、でかした」

土屋が野太い声を張りあげた。

「者ども、火を放て。この場ですべてを焼きつくすのじゃ」

あらかじめ用意してあったのか、配下のひとりが松明《たいまつ》に火を点ける。

ほかの連中は木箱をこじ開け、中身を地べたに抛っていった。

蔵人介は的場に身を寄せ、横合いから声を掛ける。

「それ以上は止めておけ」

「ん、何やつ」

的場は小鼻を膨らませ、怒った顔を差しだす。

蔵人介は菅笠を外し、三白眼《さんぱくがん》に睨みつけた。

「あっ、おぬし、掃部宿におった馬買いではないか」

「さよう。火を放つ気なら、容赦はせぬぞ」

「ふん、馬買いの指図は受けぬわ」

的場は吐きすて、腰の刀を抜きはなつ。
手練だけあって、身のこなしは素早い。
だが、蔵人介の敵ではなかった。
――ひゅん。
鳴狐の刃音が唸る。
「ぬぎゃっ」
悲鳴とともに、的場の右腕が落ちた。
――ぶしゅっ。
輪切りにされた肩口から、鮮血がほとばしる。
蔵人介が抜いた瞬間を目にした者はいない。
すでに、鳴狐は鞘内に納まっていた。
絶命した的場をみつめ、土屋は怒りで顎を震わせる。
「あやつらを捕縛せよ。抗うようなら、斬ってすてい」
「おう」
藩士たちが一斉に抜刀するや、荷役夫と駕籠かきが逃げだした。
荷車のそばに残ったのは、蔵人介と傷を負った串部のふたりだけだ。

後方で息を呑む天童や本間に、助勢する勇気はなかろう。

三十人を相手取って大たちまわりを演じるのは吝《やぶさ》かでないが、事情もよく知らずに闘おうとする藩士たちを傷つけるわけにはいかない。

串部もわかっている。

両刃の刀ではなく、脇差を抜きはなって峰に返す。

林立する白刃の奥から、土屋が叫びかけてきた。

「ここで会ったが百年目、誰であろうと、わが松平家の転封を阻むことは許さぬ」

蔵人介は「ふん」と鼻を鳴らした。

「本音が出たな。御庭番三名を亡き者にしたこと、上様がお知りになれば、即刻、おぬしの首は飛ぶぞ」

「知られまいさ。今か後か、どっちにしろ、おぬしらには消えてもらう。ここにおるのは、わが藩きっての精鋭どもじゃ。ぬはは、虫螻どもに勝ち目はないわ」

土屋は呵々《かか》と嗤《わら》い、精鋭たちは荷車を取りかこむ。

殺気が膨らみ、ひとり目が腹の底から気合いを発した。

「きえい」

大上段から、まっすぐに斬りこんでくる。

蔵人介は鬢の脇で避け、鳴狐を抜刀した。
斬るつもりならば、脇胴を即座に抜いている。
が、擦りぬけた瞬間に刀を峰に返し、振りむいた相手の眉間を打った。
「のへっ」
峰打ちは一手余計に掛かるぶん、斬るよりも難しい。
尻の痛みを抱えて闘う串部も、いつになく苦戦している。
三人の手練《てだれ》に囲まれたところへ、蔵人介が加勢にはいった。
瞬く間にふたりを倒し、三人目は串部が倒したものの、敵の数は減った気がしない。
「殿、ちと分《ぶ》が悪すぎますな」
串部が柄にもなく弱音を吐いた。
それでも、蔵人介は敵中に躍りこみ、修羅《しゅら》のごとく刀を振るう。
ひとり倒すたびに納刀し、息を整える暇もなく鞘走《さやばし》らせる。
繰りかえされる流麗な動きは、舞いをみているかのようだ。
しかし、相手は束になって掛かってくる。
さすがの蔵人介も、肩や腕に手傷を負いはじめた。

土屋の声が轟く。

「そこまでじゃ。退《ひ》けい」

抜刀隊が刀を納め、さっと左右に退いた。

退いたさきには、十人ほどの筒方が二段構えで控えている。

「捕らえずともよい。撃ち殺せ」

ぐっと、肩に力がはいった。

「殿、後ろへ」

串部が面前へ飛びだしてくる。

堅固な盾となり、ばっと両手を開いた。

硝煙が幾筋も立ちのぼる。

「構え」

土屋が叫んだ。

外国船に向かって大筒を咆哮《ほうこう》させたときも、このように叫んだのであろう。

——南無三《なむさん》。

蔵人介は、胸の裡《うち》で経を唱えた。

十五

そのときである。
土屋と筒方の遥か後方に、灰色の塵芥《じんかい》が巻きあがった。
馬だ。
軽快な蹄《ひづめ》の音とともに、陣笠の人物を乗せた栗毛が疾駆《しっく》してくる。
さらに、人馬の背後から、捕り方装束に身を固めた集団が雲霞《うんか》のごとくあらわれた。
――びしっ。
鞭《むち》を受けた栗毛は首を上下に揺すり、凄まじい勢いで躍りこんでくる。
そして、土屋たちの眼前で止まり、踠《もが》くように前足を振りあげた。
「どう、どう」
陣笠の人物が手綱を引き、栗毛をなだめる。
土屋は狼狽《うろた》えつつも、口角《こうかく》泡を飛ばした。
「……だ、誰じゃ。邪魔をいたすな」

馬上の人物は背筋を伸ばし、顔色ひとつ変えない。

「わしを誰と心得る。江戸南町奉行、矢部駿河守定謙なるぞ。配下に命じ、筒先を下ろさせよ」

「……お、お待ちを。われらはお上の許しを得ておりまする。文句があると仰《おつしや》るなら、老中首座の水野越前守さまに掛けあっていただきたい。たとい、江戸町奉行さまといえども、われらに命じることはできませぬぞ」

「これでもか」

矢部は懐中から、葵《あおい》の紋がはいった印籠を取りだす。

「この印籠はな、上様からお預かりしたものじゃ。矢部定謙の発することばは、お上の命と心得よ。命にしたがわぬ者は捕縛するゆえ、覚悟いたすがよい」

迫力に気圧《けお》され、配下はひとり残らず地べたに平伏《ひれふ》した。

土屋も呆気にとられ、両膝を屈してしまう。

その脇を、荷車がゆっくり動きはじめた。

捕り方たちが集まり、荷車を押しているのだ。

蔵人介も白刃を納め、黙々と一行にしたがう。

串部はとみれば、ちゃっかり荷台に乗っていた。

「おぬし、鬼役の矢背蔵人介じゃな」

馬上から、矢部が親しげに喋りかけてくる。

「苦労を掛けたな」

「とんでもござりませぬ」

「わしらは奉行所へは行かぬ」

「えっ」

「このまま、まっすぐ、城へ参るぞ」

冷静沈着で知られる奉行が、昂《たか》ぶる気持ちのせいで面を紅潮させた。

そこから夢見心地のまま、いったい、どうやって進んできたのか。

本郷追分にいたる三里の道程が、あっというまに感じられた。

南町奉行みずからの先導により、たった一輛の荷車が大勢の捕り方に守られて粛々と進んでいく。

よほど大切な荷なのだろうと、通行人たちはみな注目した。

されど、堆《うずたか》く積まれた木箱の中身が七万におよぶ百姓たちの血判状であろうとは、想像すべくもあるまい。

われらは今、金塊よりも価値のあるものを運んでいる。

それは、尊い百姓たちのおもいだ。

二君につかえず、理不尽な命にはしたがわぬ。

そうした百姓たちの願いを運んでいるのである。

口には出さずとも、矢部の存念はひしひしと伝わってきた。

矢部は荷駄のことを知っていたのだ。おそらく、公事師の東根藤左が内々に伝えていたのだろう。それだけではない。矢部は命を賭して、公方家慶に百姓七万人ぶんの血判状があることを告げた。家慶は矢部の訴えを聞きとどけた証拠に印籠を授け、荷駄を城へ向かわせよと命じたにちがいない。

七万人の血判状は、水野忠邦の主導になる幕府の方針を覆す切り札となる。いかに忠邦といえども、抜き身の刃とも言うべき血判状をみせられたら、反駁《はんばく》のしようはあるまい。

裁定は幕閣ではなく、家慶自身に委ねられる。

それこそが、徳川の屋台骨を支える寵臣たちの望むことであった。

たとい、どのような決断が下されようとも、文句を言う気はない。

矢部定謙も橘右近も、胸にそう誓っているはずだ。

荷駄の一行は急がず、騒がず、悠々と進んでいった。

中山道《なかせんどう》と合流してからは、人通りの多い往来を湯島《ゆしま》へ向かい、神田川《かんだ》に架かる昌平橋《しょうへい》を渡って、大名屋敷の狭間を抜けていく。

神田橋御門へとつづく大路の左右には、何処で噂を耳にしたのか、見物人の人垣ができていた。

「殿、あれを」

荷台のうえから、串部が指を差す。

人垣の前面には、天童や本間が立っていた。

喝采を送る百姓たちは、庄内からやってきた者たちであろう。

「あっ」

公事師の藤左もいる。

百姓たちに両脇を支えられ、滂沱《ぼうだ》と涙を流していた。

みなのおもいものせ、荷駄の一行は胸を張って御門へ向かう。

神田《かんだ》橋御門前へたどりつくと、蔵人介と串部は荷駄から離れた。

矢部が気づき、馬上から振りかえる。

「どうした、来ぬのか」

「はっ」

ここまで来れば、もう心配あるまい。自分たちの役目は終わった。

蔵人介が頭を下げると、矢部も無言でうなずいた。

秋晴れの蒼穹《そうきゅう》が目に眩《まぶ》しい。

――どん、どん、どん。

西ノ丸の太鼓櫓《やぐら》から、登城を促す太鼓の音色が聞こえてくる。

捕り方に守られた荷駄は、開かれた御門へ吸いこまれていった。

十六

翌、文月十二日。

幕閣のお歴々が雁首《がんくび》を揃えた評定において、公方家慶は正式に三方領地替えの取りやめを宣言した。

唯一、水野忠邦だけが評定の席に参じていなかったという。

領地替えのために賄賂を湯水と使ってきた川越藩松平家の主従は、さぞかし落胆したにちがいない。

家慶は多少の気後れでもあったのか、在府の松平家当主を城に呼びつけ、約束を違《たが》えた見返りとして石高を二万石増やす旨の通達をおこなった。それと同時に、宿老の土屋将監には謹慎の命を下すよう、南町奉行の矢部から告げさせた。

罪状はあきらかにされていない。ただ、御庭番の死が関わっていることは確かで、近いうちに当主より切腹の沙汰が下される見込みとなった。

市中の寺社境内には、草市《くさいち》が立っている。

蔵人介は志乃と幸恵につきあい、浄瑠璃坂《じょうるり》を下ったさきの亀岡《かめがおか》八幡宮へ盆花や盆飾りを買いにやってきた。

「夕刻までには霊棚《たまだな》を築き、ご先祖の御霊《みたま》をお迎えする火を焚《た》かねばなりませぬ」

志乃は、いつになくはりきっている。

亡き夫と再会できるかもしれぬと期待しているのだ。

「幸恵どの、門火《かどび》に焚く苧殻《おがら》を忘れぬように」

「はい」

先代の信頼は、毒を盛られて亡くなったと聞いたことがある。

だが、志乃は詳しい経緯を教えてくれなかった。

事情を知る橘からも、聞いたおぼえはない。

盂蘭盆会《うらぼんえ》になると、いつもそのことが脳裏を過ぎる。

何故、先代は毒を盛られたのか。

毒と知りながら、啖《くら》ってしまったのか。

そもそも、何故、洛北から江戸へやってきた矢背家は、将軍家の毒味役という難儀な役目に就いたのか。

そのあたりの経緯も、いずれは聞いてみたかった。

さまざまに思案しながら歩いていると、志乃と幸恵を見失ってしまう。

蔵人介は参道の喧噪から逃れ、鳥居の外へ出ていった。

御濠は近い。

水面に映る空や雲をみたくなったのだ。

しばらく濠端を進むと、身の丈ほどの雑草が繁る火除地《ひよけち》へ出た。

人っ子ひとりおらず、端のほうに石地蔵が六体並んでいる。

御前へ近づいて屈み、一文銭を置こうとする。

そのとき、丈の高い雑草が長い黒髪のように靡きはじめた。

火除地の奥から生温《なまあたた》かい風が吹き、硝煙の臭いを運んでくる。

「ん」

佇む蔵人介の面前にあらわれたのは、連発筒を構えた鼻曲がりであった。

「これで済んだとおもうなよ」

と、憎まれ口を叩く。

蔵人介は首をかしげた。

「死に体の雇い主に義理立てする気か」

「いいや、土屋将監なぞはどうでもよい。おぬしと決着をつけたいだけさ」

「ひとつ聞いてよいか」

「何だ」

「何故、酒井家の転封を図ろうとしたのだ。報酬だけが目途ではあるまい」

「さすが鬼役、鋭いな。教えてやろう、わしは本間家に恨みを抱いていた。ご先祖は本間家に潰された商売敵でな、運が良ければ、わしは今ごろ、出羽一円に広大な土地を持つ豪商になっておったはずだ。転封は、先祖代々からの恨みを晴らす好機だった。本間家は酒井家に途方もない金を投じてきた。それらの大半を、どぶに捨てることになるわけだからな」

「逆恨みであろう。本間家の主人は代々、庄内藩の藩政を支えてきた。私利私欲に走らず、酒井家の窮状を救ってきたのだ。あるいは、こたびのように窮地に陥った百姓たちをも支えてきた。商売を通じ、人を支える橋渡しをする。人を救うために智恵を絞り、ことによったら身代《しんだい》をも擲《なげう》つ。本来であれば、それが商人というものではないのか」

「おぬしごときに説教されたくないわ。ふん、されど、おぬしと同じようなことを口走った御仁がおった。やはり、本間家が潰れることをお望みでな、今にしておもえば、その御仁こそが三方領地替えを推しすすめたまことの黒幕であったやもしれぬ」

蔵人介は、ぐっと前のめりになる。

「いったい、そやつは誰なのだ」

「おぬしなんぞが予想もせぬ御仁さ」

鼻曲がりは「後藤三右衛門《ごとうさんえもん》」という名を口にした。

そもそも、水野忠邦にたいして「川越松平家の転封先は庄内がよろしいのでは」と進言したのは、金座の差配を任された御金改役《おかねあらためやく》なのだという。

「商人とは本来、人と人、人と物を結ぶ架け橋だと、後藤さまは仰った。されど、こうも仰った。まっとうな理念を持つ豪商ほど、厄介なものはないとな」

本間家のごとき商人は為政者に気に入られ、いずれは自分が取って代わられる恐れもある。

「そうした連中は、芽のうちに摘んでおかねばなるまいということさ。ふふ、後藤さまの読みの深さに、さすがのわしも驚かされたわ」

後藤の本間潰し、それこそが三方領地替えの裏にあった真実なのか。

鼻曲がりは松平家ではなく、後藤三右衛門という化け物に雇われ、本間潰しに加担しようとしたのかもしれない。

蔵人介の耳に、二度と聞きたくないとおもっていた寿詞《よごと》が甦《よみがえ》ってくる。

――どうどうたらりたらりら、たらりあがりららりどう……

後藤の配下とおぼしき刺客に命を狙われ、生死の狭間を彷徨《さまよ》った。

わかっているのは、その刺客が「空下り《からお》」なる技を操り、能役者の使う「痩せ男」の面をつけていたということだけだ。

蔵人介は、はっとする。

そう言えば「鼻曲がり」や「黒髭」や「於母影」も、能面の名称ではあるまいか。

「もしや、おぬし、痩せ男を知っておるのか」

問いかけると、おもいがけぬこたえが返ってきた。

「ちっぽけな盗賊にすぎぬわれらに、呼び名を与えてくれたおひとだ」

「何だと」

「詳しい素姓は知らぬ。ただ、痩せ男のおかげで、われらは何の迷いもなく悪の道をひた走ることができた。ふん、そろりと仕舞いにしよう。おぬしに長々と喋ってやったのは、はなし相手が欲しかったからよ。近頃、妙に淋しゅうてな。於母影は、わしの女房であった。女房を殺めたおぬしは、どうしても許すわけにはいかぬのさ。覚悟せい」

鼻曲がりは、前触れもなく引鉄《ひきがね》を引いた。

――ぱん。

乾いた筒音とともに、一発目の鉛弾が鬢を焦がす。

間髪《かんはつ》を容《い》れず、二発目が発射された。

一発目は避けられても、二発目はまず難しい。

鉛弾は精緻《せいち》な軌道をたどり、左胸に吸いこまれた。

と、おもいきや、びんと斜めに弾けとぶ。

反動で仰け反りつつも、蔵人介は踏んばってみせた。

襲われることを想定し、胸に鉄板を巻いていたのだ。

体勢をたてなおし、脱兎のごとく走りだす。

「何っ」

鼻曲がりは驚愕し、その場に佇んでしまった。

蔵人介は疾風《しっぷう》と化し、駆けながら白刃を抜きはなつ。

「ぬげっ」

擦《す》れちがった刹那、鼻曲がりの首が宙に飛ばされた。

蔵人介は静かに納刀し、屍骸《むくろ》に背を向けて歩きだす。

「これはこの世のことならず、死出《しで》の山路の裾野なる、賽《さい》の河原の物語……」

地蔵和讃《じぞうわさん》の一節が口を衝いて出た。

「……二つや三つや四つ五つ、十《とお》にも足らぬおさなごが、父恋し母恋し恋し恋しと泣く声は、この世の声とは事変わり、悲しさ骨身を通すなり……」

蔵人介は一文銭を六枚握りしめ、火除地《ひよけち》の端までやってくる。

そして、六地蔵に向きなおり、一体ずつ、御前に銭を置いていった。

無念流水返し

一

葉月朔日《はづきさくじつ》、八朔《はっさく》の祝い。
武家では白帷子《しろかたびら》などを纏《まと》い、贈答の品々を交換しあって豊穣《ほうじょう》を祝う。
実った稲穂を倒す強風が吹き荒れるのもこの時期だ。
厠《かわや》のそばから野分《のわき》めいた朝の空を見上げ、蔵人介は溜息を吐《つ》いた。
御膳所のほうへ戻ると、包丁で俎板《まないた》を叩く軽快な音が聞こえてくる。
――とんとんとん、とんとんとん。
余った食材で昼餉《ひるげ》の弁当作りがおこなわれているのだ。
登城する諸役人に弁当を売り、賄方《まかないかた》の連中が小遣いを稼ぐ。

中身が豪勢な順に、目付弁当、番頭《ばんがしら》弁当、番方《ばんかた》弁当などと区別され、一番下の四ノ間弁当ともなれば不味《まず》くて食えたものではない。それでも、飛ぶように売れる。毎日のことなので、けっこうな稼ぎになるのだが、目付筋から指摘されることもなく、長らく目こぼしを受けてきた。

弁当売りばかりか、公方に献上する食材の残りを家に持ちかえることもあたりまえのようにおこなわれ、納戸《なんど》方の役人などから「賄方は羽織を着たこそ泥」などと冗談半分に揶揄されてもいる。

ところが、水野忠邦が八ヶ所《はっかしょ》入用金《にゅうようきん》の節約を声高に叫ぶようになってからは、姑息《こそく》な悪事もおおっぴらにできなくなった。

「悪いことではない」

御小姓組番頭の橘右近も、水野のやり口に当初は理解をしめした。

八ヶ所入用金とは、作事《さくじ》方、材木方、畳方、普請方、小普請方、納戸方、賄方、細工《さいく》方の使う費用のことだ。御定金《おさだめきん》とも呼ぶ費用は、一年間で二十七万両におよぶ。膨大な費用であるにもかかわらず、冗漫《じょうまん》な使い道が取り沙汰されることはなかった。

「弁当を売って稼ぐ賄方など、まだ可愛いものじゃ」

橘が指摘するとおり、ほかの役人たちもあの手この手で甘い汁を吸っていた。その最たるものは作事方にほかならず、御用大工にどんぶり勘定の発注見積もりを出させては「出金《でがね》」と呼ぶ賄賂を秘かに還元させ、掛かった費用が見積もりを超えたときは「臨時御用」の名目で新しい発注を繰りかえしてきた。

材木方や畳方も同様で、出金を渋る商人とは最初からつきあわない。一方、遠出の多い普請方の連中は、出先で風呂や酒や女といった遊興《ゆうきょう》接待を求めた。請けおう側が求めに応じれば、おこなう必要のない土木普請まで発注するのである。

城内の細々とした普請を司《つかさど》る小普請方も御用大工に賄賂を要求し、粗悪な材木を使った手抜き普請を平気で見逃している。あるいは、納戸方も時服《じふく》や調度品の購入時にはかならず袖の下を要求し、時季外れの廃棄品などを闇で売っては飲食などに充《あ》てていた。細工方も同じく、建具《たてぐ》や高札《こうさつ》や下馬札《げばふだ》のたぐいまで納入時に口きき料を取るのがあたりまえになっており、口きき料ぶんは上乗せになるので幕府が払う費用は高くつかざるを得なかった。

こうした諸役人の実態を「腐敗」の二文字で糾弾するのは簡単だが、短いあいだに根こそぎ浄化するのはきわめて難しい。

「悪いことではないが、厳しすぎるのも困る。性急に事を進めようとすれば、役人たちのあいだに不満が溜まるであろう」

まず、薄給の小役人は生活が立ちゆかなくなるので、小さな不正を容易にはやめられない。隠れてこそこそやるようになれば、そうした連中を密告する者たちが出てくる。

「割を食うのは下っ端《ぱ》じゃ。中奥《なかおく》の空気は殺伐《さつばつ》としたものになろう」

橘が予言したとおり、さんざん甘い汁を吸ってきた上の連中は目の色を変え、密告を奨励し、密告する者を優遇しはじめた。すると、誰も彼もが同僚を疑い、貶《おとし》め、点数稼ぎに走り、保身につとめようと躍起になった。

「やりきれぬな」

蔵人介は我に返った。

いつのまにか包丁の音は途切れ、誰かの怒声が響いてくる。

「わからぬのか。御目付の鳥居《とりい》さまからお指図があったはずじゃ。弁当作りは賄方のお役目ゆえ、代金を取ってはならずとな。されど、このなかにお指図を守らぬ者がおるらしい。すみやかに名乗りでよ」

蔵人介は素通りもできず、御膳所へ顔を出してみた。

広々とした部屋は静まりかえり、大釜から白い湯気が立ちのぼっている。

賄方の連中は土間に佇み、怒りとも諦めともつかぬ表情を浮かべていた。

廊下のうえから叱りつけてくるのは、大垣主水《おおがきもんど》という図体の大きな小納戸御膳番《ごぜんばん》である。小納戸方では頭取のつぎに地位が高く、賄方全体に睨みを利かせる役目を負っていた。

下には横柄《おうへい》かつ嫌味な態度で接し、上には媚《こ》び諂《へつら》う術《すべ》を心得ている。眸子《まなこ》を剝いて口をへの字に曲げた顔は鮪《しび》のようだが、武家は鮪を「死日《しび》」と呼んで食べぬため、納屋役人も魚河岸から買ってこない。「買い手のつかぬ死日侍」と、賄方の連中から陰口を叩かれていた。

誰ひとり名乗りでない様子をみて、大垣は声をひそめた。

「されば、あとでこっそり教えよ。教えた者には、格別に褒美を取らす」

いつもの活気は何処へやら、御膳所全体が重苦しい空気に包まれる。

と、そのとき、端のほうで誰かが大声を張りあげた。

「恐れながら申しあげます。密告の奨励はいかがなものかと存じまする」

「何じゃと」

大垣は怒りあげ、突きだした顎を震わせる。

「おぬし、名は」

「谷津八郎兵衛《やつはちろべえ》にございます」

堂々と名乗る五十絡みの御家人を、蔵人介はよく知っていた。

さっぱりした気性の古株で、食材の吟味に長《た》け、包丁の扱いも抜群に上手い。周囲からの信頼も厚く、御膳所のことは何でも熟知しており、いつも気を利かせて献立を事細かく教えてくれるので、毒味役の蔵人介にとっても貴重な人物にほかならなかった。

谷津は胡麻塩頭を振り、強気でつづける。

「弁当の代金を頂戴してはならぬと仰せならば、いっそ弁当作りを取りやめにしてはいただけませぬか」

「おのれ、わしの命に刃向かう気か」

「刃向かう気など毛頭ござりませぬ。そもそも、弁当作りは幕府開闢《かいびやく》の折りからつづく御膳所の習わしにござります。放っておけば腐らせるだけの食材を使い、工夫を凝らした弁当をつくる。弁当作りのために働きづめの者たちもござりますれば、多少の手間賃を頂戴せぬことにはつづけられませぬ。そのあたりをお汲みいただき、今一度ご再考願えぬでしょうか」

「ぬうっ、包丁方の分際で偉そうなことを抜かす。おぬしはいったい、誰に向かってものを言っておるのじゃ」

谷津は勇気を振りしぼり、みなの不満を代弁しようとしているのだ。

それがわからぬはずはないのに、大垣は顔を真紅《しんく》に染めあげる。

「怪《け》しからぬ」

突如、廊下から飛びおり、谷津のそばへ近づくや、どんと胸を蹴りつけた。

「ぬわっ」

俎板《まないた》や包丁が土間に散乱する。

谷津は尻餅をつき、起きあがることもできない。

大垣は身を寄せ、丸太のような足で脇腹を蹴りあげる。

「無礼者め、わしに逆らえばどうなるか、今ここでわからせてやる」

何をするのかとおもえば、苦しげに呻《うめ》く谷津の顔を足の裏で踏みつけた。

仲間がそこまでされても、誰ひとり止めようとしない。

仕方なく、蔵人介は動いた。

なおも顔を踏みつけようとする大垣の背中に、鋭く声を投げつける。

「お待ちあれ」

「ん」

振りむいた男の顔は、茹《ゆ》であがった魚のようだ。

「何じゃ。おぬし、鬼役の矢背蔵人介ではないか」

「いかにも。そのあたりでお止めになったほうがよろしゅうござる」

「鬼役づれが、わしに指図いたす気か」

「指図ではござらぬ。無体なまねは、お止めになったほうがよい」

「何を」

大垣はからだの向きを変え、こちらに躙りよってきた。

背丈は変わらぬものの、横幅が大きいだけに迫力もある。

だが、蔵人介は一歩も退かない。

「上様の御膳を司るのが賄方のお役目、賄方を足蹴《あしげ》にいたすは上様の御膳を足蹴にするのも同然にござりましょう。ちがうと仰せなら、しかとご意見賜りたい」

「くっ」

大垣は、ぐうの音も出ない。

蔵人介は毅然《きぜん》として、たたみかけた。

「しかるべき筋に訴えられたならば、言い逃れはできませぬぞ。ここにおる者たちみなが証人にござる」

意気に感じた連中が、囲んだ輪をじりっと狭める。

無言の力に気圧され、大垣は空唾を呑んだ。

「くそっ、おぼえておれ」

仕舞いには捨て台詞を残し、そそくさと居なくなった。

誰からともなく喝采が沸きおこり、谷津も眸子を潤ませながら袖に縋りついてくる。

「矢背さま、何と御礼を申しあげたらよいものか」

「気にいたすな。あたりまえのことをしたまでだ」

ふたりとも御膳番に睨まれたのは確実なので、はたして、助けたことがよかったのかどうかはわからない。

だが、黙って見過ごすことはできなかった。

「あとは、なるようにしかならぬ」

案ずる谷津を慰めるべく、蔵人介はひらきなおったふりをした。

二

嫌なおもいを引きずったまま下城し、帰路の夜道を歩きつづけた。

従者の串部に喋りかけられても、蔵人介はろくに返事もしない。

市ヶ谷御門を抜け、漆黒《しっこく》の濠を右手にみながら進んでいった。

三つ目の横道を左手に曲がり、急勾配の浄瑠璃坂へ差しかかる。

「ぬぎゃっ」

突如、断末魔の悲鳴が響いた。

「殿、坂の中途にござります」

「ふむ」

ふたりで裾をからげ、腿《もも》を高くあげて走る。

——ぶん。

血振りを済ませた刃音とともに、人影が坂道を駆けあがっていった。

「追いまする」

急坂へ挑もうとする串部を、蔵人介は押しとどめた。

「待て、追っても無駄だ」

すでに、下手人らしき人影は闇に溶けている。

道端に目をやれば、裃《かみしも》を纏った屍骸《むくろ》が蹲《うずくま》っていた。

「幕臣でござりましょうか」

串部は恐れもせず、屍骸の肩を摑んで仰向けにする。

「ん」

知らぬ顔ではない。

「ご存じで」

「ふむ、御畳《おたたみ》奉行の河本達之進《こうもとたつのしん》だな」

「御畳奉行」

作事奉行の差配下にあって、城中の畳替えを仕切っている。奉行と名はついても役高は百俵にすぎず、一斉に畳替えをおこなう年末を除けば暇な役目だ。

数年前、作事奉行の樺沢弾正《かばさわだんじょう》に請われて役宅へ行き、剣術の手ほどきをしたことがあった。

荒削りだが、筋はよかったのをおぼえている。

串部が声を押し殺した。

「傷はふたつ、袈裟懸《けさが》けと横一文字ですな」

斜めの傷は逆袈裟で浅く、腹を真横に裂いた横一文字の傷は深い。

屍骸は刀を握って死んでいるので、抜く余裕はあったのだろう。

「腕を交叉させた逆勢の袈裟懸けから、間髪容れずの水平斬りか。真っ向から相手に二太刀浴びせるのは、言うほど容易なことではございませぬ」

串部はみずから腕を交叉させ、太刀筋を再現してみせる。

「特徴のあるこの動き、無念《むねん》流の水返《みずがえ》しにございましょうか」

「そうかもしれぬ」

技は「水返し」にまちがいなさそうだが、同様の技は一刀流にも新陰《しんかげ》流にもあり、無念流と断じるのは早計だろう。

いずれにしろ、下手人が手練であることは確かだ。

「殿、これを」

串部が奉書紙《ほうしょがみ》を拾ってきた。

――天誅。

と、朱文字で書かれている。

「三人目か」

「どうやら、そのようで」

半月足らずのあいだに幕臣がふたり斬られ、いずれも屍骸のそばに「天誅《てんちゅう》」と書かれた奉書紙が残されていた。太刀筋など詳しいことはわからぬが、同一の下手人である公算は大きい。

「さきに斬られたおふたりも、たしか、普請に関わるお旗本でしたな」

「ひとりは御材木奉行の吉川文右衛門《よしかわぶんえもん》、もうひとりは御普請方下奉行の安永又十郎《やすながまたじゅうろう》という者だ」

「よくご存じで」

ふたりとも面識はない。死んでから名を知った。公人朝夕人《くにんちょうじゃくにん》の土田伝右衛門が、聞きもせぬのに教えてくれたのだ。

串部は眉をひそめる。

「伝右衛門め、ほかに何か言うておりましたか」

「三人目の死人が出たら、橘さまから探索の密命が下されるかもしれぬと、予言めいた台詞を口走っておったわ」

「尿筒持ちの不吉な予言、見事に当たりましたな。三人のほとけを並べて、何かおもいあたる節でもおありでしょうか」

「いずれも、普請に関わりのある百俵取りの小役人ということだな」

それ以外の共通点は、今のところ浮かんでこない。

物盗り目当ての凶行ではなさそうだし、斬られた理由も判然としなかった。

「じつを言うと、伝右衛門の台詞にはつづきがあってな」

「はて、あやつは何と」

「三人目が出れば、四人目、五人目とつづくかもしれぬ。そう、申しておったわ」

「くそっ、そっちも当たりそうな気がしてきましたぞ」

串部は悪態を吐き、坂のうえの闇を睨みつけた。

四人目の犠牲者が出たのは、翌晩のことである。

姓名は岸田康文《きしだやすふみ》、役高百俵の作事下奉行だった。

場所は番町《ばんちょう》の法眼坂《ほうげん》、城から家へ戻る途中の惨事だ。

蔵人介のもとへ一報をもたらしたのは、伝右衛門にほかならない。

一報とともに、役人殺しの探索を目途とする橘右近の密命も携えてきた。

さっそく番町へ向かった蔵人介は、屍骸の刀傷が畳奉行の河本と同じであることを自分の目で確かめた。

夜空に眠る眉月《まゆづき》が下手人のすがたを捉えていたかどうかはわからない。

ただ、奉書紙に「天誅」と書かれた文字は、朱の顔料ではなく、人の血で書かれたものと判明した。

血文字に込められたのは尋常ならざる決意なのか、それとも、底知れぬ怨念なのか。

いずれにしろ、小役人を狙った暗殺は城の内外に不穏な憶測をもたらし、誰もがひとりで出歩くのを躊躇《ためら》うようになった。

三

二日後の朝、予期せぬ人物が御納戸町の家を訪ねてきた。

「矢背さま、突然お邪魔して申し訳ありませぬ」

賄方の谷津八郎兵衛である。

「じつは、これを食べていただこうと」

差しだされた右手には、鱗《うろこ》に光沢のある大ぶりの魚が握られていた。

「鯖《さば》か」

「いかにも、秋鯖にござる」

家の連中も奥からあらわれた。

「おやまあ、お見事だこと」

志乃は目を丸くし、鯖に触れようとする。

後ろの幸恵が、心配そうにこぼした。

「鯖の生き腐れとも申します。どのように料理いたせばよいのでしょう」

我が意を得たりと、谷津は胸を張ってみせる。

「奥様、ご心配にはおよびませぬ。こいつは、ついさきほどまで生《い》け簀《す》ですいすい泳いでおりました。鯖は上様の御膳に供せぬゆえ、御目付衆の弁当にでもいたそうとおもったところが、筆頭目付の鳥居甲斐《かい》守さまより、今後一切、弁当代は払わぬとのお達しがあり、それならば弁当作りも止めてしまえと、賄方みなで尻を捲《まく》ったのでござります。それゆえ、弁当にいたす活《い》きのよい魚が余りました。もちろん、捨てるのは勿体《もったい》ないはなしゆえ、日頃からお世話になっている方々のもとへお持ちしようと相談がまとまり、早速、それがしは矢背さまのもとへまいった次第にござります」

「うちの殿が、それほどお世話を」

「そりゃもう、矢背さまあっての御膳所にござります」

「まあ」

幸恵はなかば驚きつつ、蔵人介にうっとりした眼差しを送る。

一方、志乃は鼻高々といった風情だ。

谷津は鯖を掲げる。

「お邪魔でなければ、それがし捌《さば》いて進ぜましょう。船場煮《せんばに》にでもして、ご賞味いただけますよう」

「それはありがたい。ねえ、幸恵さん」

「はい」

蔵人介が申し訳なさそうに目配せを送ると、谷津はぽんと胸を叩いてみせる。

志乃は下にも置かぬ態度で導き、幸恵ともども勝手のほうへ案内していった。

鯖の船場煮ならば、蔵人介もこしらえる自信はある。

鯖は大ぶりで腹の固いものを選び、まずは三枚におろして身とあらにたっぷり塩を擦りこむ。水気を切ってひと晩寝かしたあと、ぶつ切りにして大根をくわえ、水と酒を半々ずつくわえた汁で煮込むのだ。

食べるときは、絞り生姜などを薬味に使う。

これが、難波《なにわ》の豪商垂涎《すいぜん》の船場煮にほかならない。

もちろん、谷津と料理の腕前を競う気はなかった。

夕餉を待つ楽しみが増えたとおもえばよい。

ただし、手放しで喜んでばかりもいられなかった。

何せ、谷津たち賄方は、厳しい仕置きで知られる鳥居耀蔵《ようぞう》に反旗を翻し、弁当作りを止めてしまったのだ。たとい、今日一日の小さな反抗であったにせよ、お達しに逆らったことが知れたら、どのような報いを受けるか予想もつかない。

公方の料理を扱う御膳所だけに上の連中も事を荒げたくはなかろうし、一級品の腕前を持つ賄方の矜持《きょうじ》を安易に踏みにじることもすまい。それでも沽券《こけん》が保てぬとなれば、峻烈《しゅんれつ》な態度でのぞむ。それが鳥居という人物だけに、蔵人介は谷津たちのことを案じたのだ。

こちらの不安を知ってか知らずか、谷津は鯖の仕込みを手際よく済ませた。

志乃と幸恵は感動すらおぼえつつ、感謝のことばを繰りかえした。

谷津にも蔵人介にも、やましいことをしたという意識は欠片《かけら》もない。

食材を腐らせるより、諸役人の腹を満足させてやるほうがよいにきまっている。

お偉方たちもその程度の寛容さは持つべきだし、奢侈《しゃし》禁止や節約の布令に抵触《ていしょく》するとはおもえなかった。

谷津は帰り際、いったん冠木門から出て振りむき、もじもじしながら近づいてきた。

「矢背さまに、折り入ってお願いがございます」

「ん、どうした」

「じつは、娘の仲人《なこうど》をお願いしたいのでございます」

おそらくはそのために、わざわざ鯖を提《さ》げてきたのであろう。

「おいおい、立ち話で喋ることではなかろう」

「承知しております。されど、あらたまってお願いするのはどうも苦手で。いかがにございましょう。波《なみ》という娘は一人娘で、母は幼い時分に亡くしておりますので、それがしにとってはたったひとつの宝。それがしの面倒を死ぬまでみるなぞと殊勝《しゅしょう》なことを申しておりますが、あれには幸せになってほしいのでございます。以前から、矢背さまのことを敬っておりました。それがしだけではございませぬ。賄方で敬っておらぬ者はおりませぬ。矢背さまこそが本物の鬼役、本物の武士であられます。そうしたお方に仲人をお願いできれば、娘も本望《ほんもう》にございましょう。どうか、それがしの夢を叶えていただけませぬか」

旗本が御家人の仲人をつとめる。

なるほど、稀《まれ》なことかもしれぬが、断る理由はない。

「承知した」

蔵人介は即答したのである。

「……や、やった」

断られるのを覚悟していたのか、谷津は小躍りしはじめた。

そして、肝心なことを言い忘れて去ろうとする。

「おい、待たぬか。相手のことを教えよ」

「あっ、これはどうも、うっかりしておりました。お相手は香月佐太夫《こうづきさだゆう》さま、御作事方の書役《かきやく》同心であられます」

御家人同士だけに、家格の開きが多少あっても支障はあるまい。

香月佐太夫なる者の人品骨柄《じんぴんこつがら》については、蔵人介が口を挟むことではなかろう。

「物静かな若武者にござります。じつは、波が観音詣での際に見初《みそ》めましてな、岡惚《おかぼ》れというやつにござります。駄目元でそれがしが家同士の交流を申しこんだところ、あっさり、よい返事をいただきました」

三月前のことであったという。

香月家はすでに父が他界しており、家督を継いだ佐太夫は病がちの母とふたりで四谷鮫ヶ橋谷町《よつやさめがばしたにまち》の同心長屋で暮らしていた。谷津と波が薬膳汁を作ってやると、母子からたいそう喜ばれ、爾来《じらい》、親密なつきあいがつづいているらしかった。

「なるほど、それはよい相手をみつけたな」

「はい。なれど、ひとつだけ気になるのは、佐太夫どのが真面目すぎることにござります」

「よいではないか」

「それが度が過ぎるほどの真面目ぶりでして」

書状の墨付き汚れを毛ほども許さぬほどの潔癖ぶりが、上役や同役の連中から鬱陶《うっとう》しがられているという。

「父親の目でみても、波はよくできた娘にござりますが、あまりにきっちりしすぎた旦那さまでは肩が凝るまいかと。そのあたりが、どうも心配でなりませぬ」

「何もかも心配になるのが父親というもの。持って生まれた性分《しょうぶん》は変えようがない。それが障壁になるかどうかは、いっしょになってみなければわからぬことだ」

「さようですな」

「ああ、気にいたすな」

「おかげさまで、何やら肩の荷がおりたような気が。ありがとうござりました」

谷津は深々とお辞儀をし、弾むような足取りで去っていった。

四

夕刻、蔵人介は四谷の鮫ヶ橋谷町へ足を運んだ。

散策がてら、香月佐太夫の顔でも拝んでおこうとおもったのだ。

作事方に携わる同心たちの粗末な長屋は、暗い谷底にへばりついたように建っている。

辻番に所在を聞いて長屋を訪ねてみると、痩せた母親が応対にあらわれた。

「香月佐太夫の母にござります。わざわざお訪ねくださり、まことに申し訳ありませぬが、あいにく佐太夫は留守にしております」

こちらの顔もみず、ひたすら腰を屈めて息子の不在を告げる。

どうやら、行き先は半蔵《はんぞう》御門外にある町道場らしい。

蔵人介は礼を言い、谷底から逃れるように濠へ向かった。

濠端の道をたどって家に帰ってもよかったが、剣術の力量がどれほどのものか、見定めてやろうとおもった。

四谷御門を抜ければ麴町《こうじまち》、半蔵御門までは大路が十町余りもつづく。

蔵人介は斜め後ろから夕陽を浴び、足早に大路を歩いていった。

佐太夫の通う鈴木《すずき》道場は、御門を正面にみた左手の馬場寄りにぽつんと佇んであった。大仰《おおぎょう》な看板も掲げられておらず、そのせいなのか、道場からは気合いひとつ聞こえてこない。

そう言えば、好立地にもかかわらず、善し悪しの評判すら聞いたことがなかった。

古ぼけた冠木門を潜っても、門人たちの気配すら感じられない。

「まことに道場なのか」

蔵人介は首を捻《ひね》り、玄関の敷居をまたいだ。

「ふりゃ……っ」

やにわに、気合いが響いてくる。

木刀を掲げた若者が、たったひとりで形《かた》の稽古をしていた。

神棚のしたに座る総髪《そうはつ》の人物が、その様子を黙然《もくねん》と眺めている。

道場主にちがいない。

木刀を振るのが、香月佐太夫なのだろうか。

「待て」

道場主の声が掛かり、若者は木刀を脇に納めた。

ふたりはこちらに顔を向け、じっとみつめる。

「もしや、名のあるお方ではあるまいか」

道場主が満面の笑みで近づいてきた。

「やはり、そうじゃ。かなり以前のことになるが、紀伊《きい》さまの御前試合で見掛けたことがござる。凛々《りり》しい雄姿《ゆうし》であられた。腕と一体になった竹刀《しない》の撓《しな》る音さえおぼえておるが、肝心の御名を失念してしまった」

「矢背蔵人介にござります」

「そうじゃ」

ぱんと、道場主は膝を打つ。

「これ、佐太夫。参るがよい。こちらは幕臣随一の遣い手、矢背蔵人介どのじゃ。おもいだしたぞ、公方様の鬼役であられたな」

「いかにも」

佐太夫は遠慮がちに身を寄せ、小首をかしげる。

「先生、鬼役とは毒味役のことでござりましょうか」

「おう、そうじゃ。命懸けのお役目ぞ。毒と知りつつも、啖わねばならぬときもござろう。それはな、死中に活をみる剣客の心構えにも通じる。まこと興味深いお役目じゃ。いかに心身を鍛えておられるのか、そのあたりをお尋ねしてみるがよい」

「はっ」

興味津々《しんしん》の体でみつめられても、蔵人介は面食らうしかない。

道場主は目敏《めざと》く察し、恐縮しながら総髪を指で掻いた。

「これはご無礼つかまつった。それがしは鈴木大樹《たいじゅ》、かつては紀伊家の剣術指南役をつとめ、この地で長らく道場を営んでおりましたが、数日前に看板を外しましてな。恥ずかしいはなし、五十の齢を過ぎたころから左右の腕が上がらぬようになり、門弟たちに稽古をつけてやれぬようになったもので」

「さようにござりましたか」

「看板を外すや、門弟たちは潮が引くように去りました。されど、この香月佐太夫だけは通ってまいります。あきらめの悪い性分と申しますか、それがしから免状を手にするまでは粘りぬく所存だとか」

免状を得るまでの実力がないのであろうか。

「実力はござります。本心を申せば、佐太夫に免状を与えたうえで道場を継いでもらいたいと、かようにおもうておりました。されど、こやつはお城勤めの身ゆえ、二足の草鞋《わらじ》は履けませぬ。道場はあきらめて免状だけを与えてもよいのでござるが、与えるための掟《おきて》がひとつございましてな、師のわしか、わしをしのぐ剣客との勝負に勝たねばなりませぬ」

みずからの定めた掟に縛られ、免状を与えることができぬという。

「それだけが心残りであったところへ、矢背どのがふらりと風のごとくみえられた。もしかしたら、これは神仏のお導きかもしれませぬ」

「それは、どういう意味にござりましょう」

鈴木は一歩踏みだし、両手を握ろうとする。

「あらためて、お願い申しあげる。佐太夫に一手指南していただけませぬか。いや、できれば、木刀の寸止めにて申し合いを。まんがいちにも佐太夫が勝ちを得たあかつきには免状を与えたいと存ずるが、いかがにござりましょう。老いさらばえた道場主の身勝手な願い、お聞きとどけいただけませぬか」

心の声は断るべきだと囁いたが、蔵人介はこっくりうなずく。

師と弟子の熱い眼差しを浴び、拒むことができなかったのだ。

「うほっ、お受けくださるか」

「ただし、容赦はいたしませぬぞ」

「無論にござる。佐太夫めを完膚《かんぷ》なきまでに叩きのめしてくだされ」

「寸止めの勝負とお聞きしましたが」

「おおよ、さようでござった。興奮しすぎて、みずから発したことばを失念いたしました。なれば、さっそく」

「ふむ」

木刀を握った瞬間、本来の目途は何処かへ消し飛んだ。

仲人になるかもしれぬ相手と、道場の中央で対峙する。

おたがいに礼をしたあと、佐太夫は下段青眼《せいがん》に構えた。

「はりゃ……っ」

腹の底から気合いを発し、猪のように飛びこんでくる。

――ぱん。

初手の突きを払いのけるや、佐太夫はからだごと真横に吹っ飛んだ。

「ふふ、容赦せぬと言うたはず」

蔵人介は平然と言いはなち、元の立ち位置に戻る。

佐太夫は立ちあがり、こちらも体勢を整えた。

ふたたび、下段青眼に構える。

だが、容易に突きかかってはこない。

ならば誘ってやろうと、蔵人介はつっと身を寄せた。

こちらも下段青眼から、木刀の切っ先を振りあげる。

面を狙うとみせかけ、腕をくねらせながら斜《はす》に振りおろす。

――ばちっ。

佐太夫は横一文字に受けつつ、前蹴りを繰りだしてきた。

蔵人介はすかさず右足を外から搦《から》め、相手をひっくり返す。

――どすん。

尻餅をついた佐太夫の脳天へ、木刀を振りおろすこともできた。

が、やめておく。

もう少し闘いたくなったのだ。

久方ぶりに、剣客の血が騒いでいた。

実力の差はあるものの、身のこなしも太刀筋も目を瞠《みは》るものがある。

ひょっとしたら、練兵館の師範代をつとめる卯三郎とも互角に勝負できるかもしれない。そんなふうにおもわせる相手とは容易に出会えぬだけに、少しでも長く勝負をつづけたい欲が出てきたのだ。

「まだまだ」

佐太夫も呼応し、果敢に挑みかかってきた。
食い入るようにみつめる鈴木も、おいそれと止めようとしない。
だが、いつまでも遊びにつきあっているわけにもいかなかった。
「つぎの一手で仕舞いにいたそう」
蔵人介は笑いながら喋りかけた。
「望むところ」
佐太夫は発し、構えを変える。
下段青眼ではなく、真っ向上段に構えたのだ。
さらに切っ先を寝かせ、両肘を突きだす。
左右の拳で眉間が隠れる構えは、新陰流の「横雷刀《よこらいとう》」に似ていた。
蔵人介はここで、はたと気づく。
いまだ、鈴木道場の流派を聞いていない。
もちろん、いかなる流派の技にも対応できる自信はあった。
蔵人介も下段青眼から脇構えに変え、わざと誘うように胸を晒した。
佐太夫は「横雷刀」のまま間合いを詰め、逆勢の袈裟懸けを繰りだす。
「ふん」

風圧を感じるほどの一刀が伸びた。
これを受けずに躱《かわ》すや、間髪を容れず、水平斬りが襲いかかってくる。
「ぬっ」
咄嗟に反転すると、木刀の切っ先が脇腹を掠《かす》めた。
水返しか。
「はっ」
つぎの瞬間、蔵人介は中空へ飛翔する。
落下しながら、上段からの逆落としを狙った。
「うわっ」
叫んだのは、鈴木大樹である。
弟子の脳天をかち割られたと、勘違いしたのだろう。
蔵人介の振りおろした木刀は、月代《さかやき》から一寸のところで止まっていた。
まさしく、神業《かみわざ》の寸止めである。
佐太夫は声もなく、その場に頽《くずお》れていった。
木刀を当てられたわけでもないのに、気を失ってしまったのだ。
真剣勝負にかぎりなく近い勝負であったということだろう。

「……さ、さすがにござる」

鈴木が声を震わせる。

蔵人介は木刀を納め、ふうっと大きく息を吐いた。

「余計な口出しをするつもりはないが、免状を与えてもよいかと存ずる」

にっこり笑い、鈴木に木刀を返す。

ついでに、流派を尋ねてみた。

「無念流にござる」

胸を張る鈴木のことばに、言い知れぬ不安をおぼえた。

——無念流の水返し。

何処《どこ》かで耳にした技だ。

はたして、何処であったか。

おもいだそうとするうちに、道場を訪ねた本来の用件を失念してしまった。

五

——五人目の殺しがあった。

蔵人介は急報を聞き、下谷《したや》の三味線《しやみせん》堀へ向かった。

真夜中である。

風は強い。

寒空に流れる群雲《むらくも》が、めまぐるしくかたちを変えていた。

轉軫《てんじん》橋の根本には、捕り方の持つ御用提灯が揺れている。

町奉行所の同心がひとり、ふてくされた面《つら》で立っていた。

従者の串部が大股で近づき、慣れた仕種《しぐさ》で袖の下を渡す。

同心が顎をしゃくるさきに、屍骸がひとつ転がっていた。

筵に寝かされもせず、斬られたときの恰好で死んでいる。

検屍《けんし》には都合がよい。

急報をもたらした公人朝夕人のおかげだろう。

さっそく屈みこんだところへ、伝右衛門があらわれた。

「斬られたのは幕臣にございます。それゆえ、同心に目付筋の到着を待てと囁いておきました」

「ふむ」

蔵人介はうなずき、屍骸の人相を確かめる。

「ん、この御仁は」

「勘定吟味役、三浦祐太郎《みうらゆうたろう》さまにござります」

百俵取りの四人とは異なり、五人目の犠牲者はかなりの大物だ。

「手口もちがいますね」

伝右衛門の言うとおり、両腕を肘から輪斬りにされている。

ほかに致命傷はみあたらぬので、失血のせいで命を落としたのだろう。

「辻番が獣の遠吠えのような断末魔を聞き、発覚したのでござります」

即死ではなく、三浦はみずからの足で池畔《ちはん》へ下りてきたようだった。

「斬られたのは土手のうえ、ほら、あそこです。何せ、左右の腕が落ちておりましたから」

「末期《まつご》の水でも呑みたかったのか」

と、串部が屍骸に軽口を叩く。

伝右衛門は無視し、眉をひそめた。

「天誅の紙もみあたりませんでした」

「やはり、下手人は別におるということか」

「辻番は断末魔のほかに、怪しげな寿詞《よごと》を聞いております」

「寿詞だと」

「はい」

「まさか……」

「鬼役どの、その、まさかでござりますよ」

耳を澄ませば、遠くのほうから寿詞が聞こえてくるかのようだ。

――どうどうたらりたらりら、たらりあがりららりどう、ちりやたらりたらりら、たらりあがりららりどう……。

「痩せ男め」

能面の「痩せ男」を顔に付けた刺客のことだ。

蔵人介のみならず、志乃までが命を狙われた。

串部の臑斬りを軽々と躱し、体術に長けた下男の吾助《ごすけ》にも深傷を負わせた。

神出鬼没の宿敵が、ふたたび、蠢動《しゅんどう》しはじめたというのか。

「三浦さまに、やましい噂は聞きませぬ。むしろ、気骨《きこつ》のあることで知られておりました。天保小判の鋳造《ちゅうぞう》を『乱造許すべからず』と声高に述べられ、幕閣のお歴々に意見したこともおありだったようで」

直属の勘定奉行にたいそう睨まれたらしいが、役目を外されることはなかった。

「ほかでもない、水越さまからの評価が高く、その清廉さが改革には欠かせぬと賞賛されたのだとか」

「されど、そうした人物が勘定吟味役におれば、悪事をはたらく者にとって目の上のたんこぶにもなりかねない」

「悪事をはたらく者とは、誰のことにござりますか」

「御金改役の後藤三右衛門だ。目の上のたんこぶを取ろうとしたのなら、はなしの筋は通る。痩せ男は後藤の子飼いと目されておるゆえな」

「されど、ほかの四人との関わりは判然としない。どっちにしろ、筋が読みづらくなってまいりましたな」

伝右衛門は冷めた口調で言い、顔を近づけてくる。

「じつはもうひとつ、お耳に入れておかねばならぬことが」

「何だ」

「本日夕刻、谷津八郎兵衛なる賄方が縄を打たれました」

「何だと」

縄を打ったのは、鳥居耀蔵の配下であった。

抗ったのか、髷を摑まれたうえに引きずられていったという。

「ぬうっ」

蔵人介は腹の底から怒りを感じた。

伝右衛門が火に油を注ぐようなことを言う。

「密告にござります」

どうやら、小納戸御膳番の大垣主水が谷津の名を告げたらしい。

「大垣め、先日受けた恥辱の恨みを晴らす気だな」

「中奥内の噂では、言うことを聞かぬ軽輩たちへのみせしめのためにやったことだとか。御膳所の連中は戦々恐々としております」

「くそっ、こうしてはおられぬ」

蔵人介はがばっと立ちあがり、屍骸のそばを離れた。

「伝右衛門よ、今から橘さまのもとへまいるゆえ、案内いたせ」

「案内なら吝《やぶさ》かではござりませぬが、はたして、御前がお会いになるかどうか」

「会わぬと仰せなら、踏みこむまで」

「おや、鬼役どのらしくないことを仰る。ずいぶん、谷津なる賄方に肩入れなさってておいでのようだ」

「谷津八郎兵衛はな、上の連中に向かって締めつけの行きすぎを諫《いさ》めるべく、弁当作りを止めたのだ。賄方の存念がわからぬようでは、鳥居さまの器量も問われよう。水野さまもしかり。少なくとも、上様の御膳を預かる御膳所を、得手勝手《えてかって》に引っ掻きまわしてもらっては困る」

「鬼役どのの口から直に意見なされば、水野さまも鳥居さまも黙るやもしれませぬぞ。ただし、喉元に白刃を突きつけぬかぎり、かのおふたりは首を縦に振りますまい。三方領地替えの一件で、ようくわかりました」

旗振り役として推進した理不尽な取りきめが覆《くつがえ》されたにもかかわらず、水野忠邦は何ひとつ責めを負わされなかった。やり口は強引だが、突出した能力を持っている。それゆえ、忠邦を処断するのは得策でないと、家慶は考えたのだ。

「もはや、上様でさえも、水野さまの暴走を押しとどめることはできませぬ。この世に恐いものなど、何ひとつない。本気でそうおもっている相手に単騎で挑む愚は、さすがの橘さまもいたしますまい」

駿河台《するがだい》に着いたときは、すっかり気力を殺《そ》がれていた。

それでも、駄目元で橘邸の表門を敲きつづける。

「開門、開門」

張りあげる声も虚しく、何ひとつ反応はない。

蔵人介は怒りを燻《くすぶ》らせながら、帰路をたどるしかなかった。

六

翌日、谷津は解きはなちになった。

橘が秘かに裏で動いてくれたらしいが、どう動いたのかはわからない。

ともあれ、当面のあいだは出仕を遠慮する旨の沙汰が下されたと聞き、夕刻、蔵人介は手土産を携えて家を訪ねてみた。

賄方の長屋は四谷塩町《しおちょう》にある。

香月佐太夫の住む鮫ヶ橋谷町に近く、波という谷津の娘が佐太夫を見初めた長《ちょう》善寺《ぜんじ》もそばにあった。

笹寺《ささでら》の異名を持つ長善寺へは何度も訪れている。本尊は釈迦如来だが、赤瑪瑙《あかめのう》で彫られた寺宝の観世音菩薩を詣でる人々が多く、観音霊場として遍《あまね》く信者を集めていた。「瑪瑙観音」は二代将軍秀忠《ひでただ》の念持仏《ねんじぶつ》であったらしく、徳川家の加護も厚い。

「瑪瑙観音のお導きで、娘にも春が来ました」

と、谷津は御納戸町を訪れたとき、嬉しそうに語っていた。

娘をおもう父親の顔をおもいだし、蔵人介は胸苦しさをおぼえた。

出仕遠慮となった以上、気楽に外を出歩くこともできぬはずだ。

表から家を窺ってみると、人の気配はしている。

「頼もう」

声を張りあげても、応対に出てくる者はいない。

と、そこへ、ふっくらした若い娘が帰ってきた。

手に提げた籠のうえで、魚が鱗を煌めかせている。

「波どのか」

親しげに問うと、頬をぽっと赤らめた。

気立ての良さそうな愛らしい娘だ。

「籠の魚は夕鯵《ゆうあじ》かな」

「はい、そうです」

「驚かしてすまぬ。わしは御膳奉行の矢背蔵人介と申す。谷津どののご様子を伺いにまいった」

「……お、おいでなされませ」

波は声をひっくり返し、表口へ導こうとする。

ふいに、内側から戸が開いた。

月代も無精髭も伸ばした谷津が、幽霊のように佇んでいる。

「おう、谷津どの、おもうたよりも元気そうではないか」

蔵人介のすがたをみとめ、谷津は眸子を潤ませた。

何か喋ろうとしても、ことばが出てこない。

「無理をせんでもいい。されど、できることなら一献《いっこん》つきあってもらえぬか」

蔵人介は手土産を差しだす。

芋《いも》酒の五合徳利であった。

ほかにもある。

「近海産の車海老と岸和田《きしわだ》藩献上の松茸《まつたけ》を持ってきた。板頭《いたがしら》にそっと持たされたのだ。よしなにと申しておったぞ」

谷津は涙ばかりか洟水《はなみず》も垂らし、蔵人介の手を取って家に入れた。

そして、隣近所に警戒の目を向けたあと、板戸をきっちり閉める。

本来ならば、訪ねることは憚《はばか》られ、上役や目付筋に知られたら叱責《しっせき》を覚悟しなければならない。足を向ける者など、ひとりもないものとあきらめていたところへ、蔵人介が手土産まで携えて顔をみせてくれた。谷津にとっては信じがたく、天にも昇るほどの気分にちがいない。

嬉しいのは、娘の波もいっしょだった。

父娘はさっそく襷《たすき》掛けになり、料理を作りはじめる。

御膳所の賄方だけあって、手際の良さは天下一品だった。

波も負けてはおらず、父親譲りの腕前を存分に発揮する。

できあがった品々は、舌の肥えた蔵人介をも唸らせるものだった。

「鯵は焼きで、里芋は味噌田楽《でんがく》に。車海老と松茸は、このとおり、焙烙《ほうろく》焼きにいたしました」

土鍋の蓋を開けると、湯気とともに松茸の香りが立ちのぼる。

谷津は生まれかわったかのように、満面の笑みで膳を揃えた。

波もきびきびと手伝い、気づいてみれば面前に馳走が並んでいる。

蔵人介と谷津は差しむかいで芋酒を注ぎあい、見事な料理に舌鼓《したつづみ》を打った。

波は勝手とのあいだを行き来し、甲斐甲斐《かいがい》しく動きつづける。

娘のすがたに目を細めつつ、谷津はほっと溜息を吐いた。

「お城へは、もう戻りませぬ。慣れ親しんだ御膳所から離れるのは残念でたまりませぬが、これも運命《さだめ》とあきらめまする」

「辞めてどうする」

「さて、魚屋でもやりますか」

淋しく微笑む皺顔を、蔵人介は温かい眼差しでみつめた。

「案ずることはない。おぬしの腕前なら、包丁一本で切りぬけていけよう」

「たとい、そうだとしても、心残りは娘のことにござります。こうなってしまったからには、香月家との縁談もあきらめねばなりますまい。佐太夫さまをあれほど慕っていた波の心情をおもうと、不憫《ふびん》でなりませぬ」

谷津が俯《うつむ》いたところへ、波が新たな一品を運んできた。

「鯊《はぜ》の甘露《かんろ》煮にござります」

「旬だな」

蔵人介はつとめて明るく応じ、甘露煮を箸で摘んで口に入れる。

「ふむ、美味《うま》い。父親譲りの味付けだな」

「お褒めに与《あずか》り嬉しゅうござります。父がそばにいてくれるので、毎日毎食、味付けの修業ができまする」

「ほう、殊勝《しゅしょう》なことを申す」

「父のおもいはどうあれ、わたくしはこたびの縁談が流れたとて、いっこうに気になりませぬ。今は自分のことよりも、生活《たつき》を立てることのほうが先決にございます」

波は畳に三つ指をつき、勝手へ退がっていく。

蔵人介は何度もうなずいた。

「気丈な娘ではないか。父親より、よっぽどしっかりしておる」

そうやって慰めても、谷津の顔に本来の明るさは戻らない。

波が強がりを言っているのは、蔵人介にもよくわかった。

だからと言って、助けてやれることは何ひとつないのだ。

しばらく酒を酌みかわし、名残《なごり》惜しげな父娘に別れを告げた。

門を出てしばらく歩くと、辻向こうから何者かが駆けてくる。

串部であった。

「殿、やはり、こちらでしたか」

「ふむ、血相を変えていかがした」

「役人殺しにござります。しかも、ふたり殺られました」

「何だと」

ひとりは小普請方改役の大田原角兵衛《おおだわらかくべえ》、もうひとりは細工方改役の小山仁三郎《こやまじんざぶろう》、いずれも役料百俵そこそこの小役人である。昨晩、仲の良いふたりは、下城後に鎌倉《かまくら》河岸の居酒屋へ立ちよった。その帰り道、家のそばで別れた直後のことであったという。

「手口は水返しにござります」

「さようか」

「また、百俵取りに戻りましたな」

串部は薄暗い道を歩きながら、筋読みをはじめた。

「調べてみますと、勘定吟味役を除いた六人には繋がりがござりました。以前、八ヶ所入用金のはなしをいたしましたな。何でも八ヶ所会というものがあって、六人はいずれもその会に属しておったのだとか」

蔵人介は首をかしげる。

「それは、どういう会なのだ」

「妙な会にござります」

串部によれば、八ヶ所各々の御用達《ごようたし》選定に携わる小役人たちで構成され、膨大な御定金の使途を左右するほどの力を持っているらしい。

「聞いたことがないな」

「表に出てこぬのは、裏で悪さをしている証拠にござりましょう。座長は御作事奉行の樺沢弾正さまだそうです。そして、会の世話人は檜《ひの》屋《きや》宗《そう》左《ざ》衛《え》門《もん》という材木問屋だとか」

檜屋は阿漕《あこぎ》な材木商として知られ、樺沢弾正は檜屋の献上金でのしあがってきた人物と目されている。

「中奥では知らぬ者のないはなしだそうですな」

だが、狡猾な樺沢は尻尾を出さない。持ち前の豪快さで普請をつぎつぎにこなしていくため、幕閣のお歴々からは受けがよいのだ。

「会の連中は横の繋がりを利用して、甘い汁を吸ってきたのでござりましょう。狡《ずる》賢《がしこ》く立ちまわって、目付筋にも悪事の証拠を摑ませなかった。業《ごう》を煮やした水野さまあたりが、ひょっとしたら闇討ちを命じられたのかもしれませぬな」

「それはあるまい」

と応じつつも、否定しきれぬところもある。

いかに水野忠邦といえども、確たる証拠がなければ役人たちを処罰はできない。となれば、奸《かん》臣《しん》成《せい》敗《ばい》の密命を下すこともあり得ぬはなしではない。

「ひとつまちがえば、殿にお鉢がまわってきたやもしれませぬな」

串部は真面目な顔でそう言った。

ともあれ、座長の樺沢を除けば、会を構成していた六人がこの世から消されたことになる。

「残るはふたりか」

「ひとりは御納戸組頭の内野頼三《うちのらいぞう》さま、そしてもうひとりは、殿もよくご存じのお方にござります」

「誰だ」

「御小納戸御膳番、大垣主水」

濠端の道に、ひゅるると風が吹きぬけた。

蔵人介が立ちどまると、串部は笑みを浮かべてみせる。

「大垣を張っておれば、下手人に行きあたるやもしれませぬ。お許しいただければ、今宵からでも」

薄闇に浮かぶ女郎花《おみなえし》が、黄色い道標のように揺れている。

「頼む」

蔵人介は言いはなち、さきを急ぐように歩きはじめた。

七

二日後の晩、大垣主水は動いた。

迎えの宿駕籠に乗り、番町の家から京橋へ向かったのだ。

白魚《しらうお》橋の南詰めに『佃屋《つくだ》』という料理茶屋がある。

贅沢の許されぬ時世にあっても、値を下げようとしない。

「うちは値に合うだけの品を出している」

という板頭の啖呵《たんか》がかえって呼び水となり、金持ちの連中に人気を博している見世らしかった。

いずれにしろ、小納戸方の役人が自腹で通えるところではない。

「座持ちは誰だ」

「檜屋の番頭にございます」

串部はすでに調べていた。

役人を気持ちよくさせる遊興接待のひとつなのだろうが、主人ではなく番頭が座持ちをするあたりは、大垣のさほど大物でもない役どころをしめしている。

悪徳材木商にとっての本命は、あくまでも、役料二千石の作事奉行なのだろう。

「それにしても、これだけ殺しがつづくなか、よくぞひとりで出歩けるものだな」

「殿、大垣は亀甲流《きっこう》の遣い手にござりますぞ」

「亀甲流と言えば、半槍《はんやり》か」

「いかにも」

一見したところ、腰の二刀以外に得物《えもの》は手に提げていなかった。

「剣術のほうも、それなりにできるのでござりましょう」

「刺客に襲われたら、返り討ちにするつもりか。気性の荒い大垣なら、そう考えるかもしれぬな」

夜風に頬を撫でられつつ、物陰で二刻（四時間）余りも待ちつづけた。

ようやく大垣が表口にあらわれたのは、子ノ刻《ね》（午前零時）も近いころである。

一挺の宿駕籠が滑るように到着し、赭《あか》ら顔の小役人は女将《おかみ》と材木問屋の番頭に見送られて駕籠に乗りこんだ。

沈みゆく上弦《じょうげん》の月に導かれ、駕籠は三十間堀《さんじつけんぼり》に沿って軽快に進んでいく。

そして、木挽橋《こびき》の手前に差しかかったとき、つんのめるように止まった。

「うわっ」

駕籠かきたちが必死に逃げてくる。

白刃を掲げた刺客が、正面に立ちはだかっていた。

「すわっ」

駆けだそうとする串部の肩を、蔵人介が鷲摑みにする。

少しばかり様子をみようとおもったのだ。

垂れがはらりと捲れ、大垣がのっそりあらわれた。

「ふふ、出おったな」

落ちつきはらった調子で言い、駕籠の脇から得物《えもの》を拾いあげる。

柄《え》の短い槍であった。

やはり、隠していたのだ。

「天誅だ」

刺客は叫んだ。

くぐもった声に聞こえるのは、面をつけているからだ。

能面のたぐいではなく、それは祭りの屋台でも売っているひょっとこの面であった。

「ふざけおって。返り討ちにしてくれるわ」

大垣は手槍《てやり》を提げたまま、大股で間合いを詰めた。

月明かりが、ふたつの影を暗闇に浮かびたたせている。

蔵人介は動かない。

どちらかと言えば、刺客のほうに加担したい気持ちだった。

「おぬし、八ヶ所会の者たちを殺めたのか」

大垣は問いを投げかける。

「いったい、誰の命じゃ」

「誰の命でもない」

応じた声は、わずかに上擦《うわず》っていた。

大垣は槍を突きだし、なおも問いかける。

「されば、誰かに金で雇われたのか」

「いいや、雇われてなどおらぬ」

「わからぬな。何故、われらの命を狙う」

「恨みだ」

刺客の吐きすてたことばを、蔵人介は呑みこんだ。

なおも問いかけようとする大垣を、刺客は怒声で抑えこむ。

「問答無用じゃ。死ねっ」

発するや、低い姿勢で躍りかかってきた。

初手は突くとみせかけ、つんと切っ先を持ちあげる。

横雷刀からの逆袈裟、大垣はいとも簡単に穂先で弾いた。

——きん。

火花が散る。

弾かれた刺客は退《ひ》かず、片膝を折敷《おりし》いて水平斬りを仕掛けた。

「ふえい」

「何の」

大垣は二刀目も穂先で弾き、にやりと笑みを浮かべる。

「手の内はわかっておるわ」

つぎの瞬間、猛然と反撃に転じた。

「うりゃ……っ」

野獣のごとく吼えあげ、片手持ちの半槍を頭上で旋回させるや、柄の部分で刺客の左肩を叩きつける。

——がしっ。

鈍い音とともに、刺客が蹲った。

露出された額へ、穂先が伸びる。

——ひゅん。

刃音が唸り、面が飛んだ。

と同時に、蔵人介は走る。

「そこで何をしておる」

走りながら、怒声を浴びせた。

大垣が振りむく隙に、刺客は背を向けて逃げだす。

はっきりと人相はわからない。

だが、逃げていく後ろ姿は、蔵人介が脳裏に描いた人物と似ていた。

「おぬし、鬼役ではないか」

大垣は不審げに眉を寄せる。

「何故、かようなところにおる」

蔵人介は平然と応じた。

「佃屋という料理屋で宴席がござりましてな」

「まことか、それは」

「はい。大垣さまも、お見掛けいたしましたぞ。相手は材木問屋の番頭かと」

「そこまで知っておったか」

大垣は半槍を引っこめ、媚《こ》びるように擦りよってくる。

「佃屋のことは内緒にしてくれ。御目付に知れたら首が飛ぶゆえな」

「無論にござる。それがしとて、同じ穴の狢《むじな》にござりますれば」

「ほほ、さようか。堅物《かたぶつ》と評される矢背蔵人介も、わしと同じ穴の狢であったか。これは傑作じゃ」

かたわらで、串部がぎりっと奥歯を噛んだ。

何故、かような小悪党に嘘を吐かねばならぬのか、おそらく、理解も納得もできぬのだろう。

面倒臭いが、あとでじっくり説いてやらねばなるまい。

蔵人介は鬱陶しさを抱きつつ、大垣のもとから離れていった。

八

三日後、家に籠もっていたはずの谷津八郎兵衛が、御納戸町の矢背家を訪ねてきた。

先日は鯖をぶらさげてきたが、こんどは目の下二尺五寸（約七十六センチ）はありそうな甘鯛《あまだい》を掲げてみせる。

志乃と幸恵が喜んだのは言うまでもない。

「御膳所から頂戴してくるわけにもまいりませぬので、旧知の納屋役人から安く分けてもらいました」

魚河岸から直に買いつけてきた代物《しろもの》らしい。

さっそく谷津は奥の勝手に立ち、お造りやら汁やらを作ってくれた。

幸恵はかたわらから離れず、当代一と評される料理人の包丁さばきや仕込みの業を堪能《たんのう》する。一方、養子の卯三郎などは豪勢な朝餉にありつくことができ、感謝に堪えない様子であったが、蔵人介としては谷津が甘鯛を携えてきた理由を聞かねばならない。

「昨日、香月佐太夫さまが家へおみえになったのでござります」

「まことか」

「はい。しかも、熨斗《のし》鮑《あわび》や昆布などといった結納《ゆいのう》の品々をお持ちになり、波を嫁にほしいと仰いました」

狐に摘まれたようなおもいであったという。

「夢かとおもい、頬を抓《つね》りました。もちろん、波は嬉しかったにちがいありませぬ。されど、にわかに信じられぬのか、佐太夫さまに疑いの目を向けました」

佐太夫は、谷津が出仕遠慮になった事情を知っていた。役目を辞すことも承知のうえで、波を貰いうけたいと告げたのだ。

「事によったら、それがしは侍身分を捨てるかもしれぬと申しあげました。それでもよいと、佐太夫さまは仰ったのです。何故か、それがしは理由を問いました。すると、佐太夫さまはひとこと、自分も幸せになりたいと、そう仰せになったのでございます」

蔵人介は、胸の裡《うち》に繰りかえした。

——自分も幸せになりたい。

それはおそらく、佐太夫の本心であろう。

苦渋に満ちた腹の底から絞りだされた台詞にちがいない。

「つかぬことを聞くが」

蔵人介はさりげなく、はなしを変えた。

「もしや、佐太夫どのは怪我をされておらなんだか」

「はあ、そう言えば、左肩をかばっておいでのようでした。それが何か」

「いや、だいじない。先日、麴町の鈴木道場で一手交えたとき、少しばかり気になったのでな」

舞いあがっている谷津は、蔵人介の吐いた嘘など見抜けない。

自分がいかに幸せ者かを陽気に語りつづけ、満足しきった様子で帰っていった。

その夜、伝右衛門があらわれ、八人目の犠牲者が出たと告げた。

闇討ちにあったのは、納戸組頭の内野頼三である。

凶行のあった場所は目と鼻のさき、鰻《うなぎ》坂の途中だった。

「やはり、帰路を狙われたようです」

樒《しきみ》の手向《たむ》けられた道端へおもむくと、すでに屍骸は運び去られたあとで、血腥《なまぐさ》い臭いが漂っていた。

「手口は水返しにござりました」

伝右衛門は冷静に告げ、こちらの顔を覗きこんでくる。

「五人目の勘定吟味役を除けば、みな、八ヶ所会に属する小役人たちにござる。おのぞみならば、ただ今より御前のもとへ案内いたしましょう」

「ん、何故だ」

「下手人の素姓を、御自らお教えいただけるそうです。もっとも、鬼役どのはすでにおわかりかと存じまするが」

蔵人介は黙ってうなずき、伝右衛門の背にしたがった。

夜道をたどって着いたさきは、橘の立ちよりそうにない平河町《ひらかわちょう》の獣肉屋《ももんじ》だ。

「たまには、肉が食べたいと仰せで」

導かれた見世の敷居をまたぐと、濃厚な獣臭に鼻を衝かれた。

何処までも細長い土間を歩き、深奥の小上がりへ向かう。

衝立《ついたて》の脇から覗いてみると、鍋がぐつぐつ煮立っている。

上座に橘右近が座り、かたわらの老侍に酒を注がせていた。

「おう、来たか。そなたのことは告げておいた。こちらはな、元勘定方の湯原文悟《ゆはらぶんご》どのじゃ」

「はあ」

「こっちに座れ。ほれ、牡丹《ぼたん》を鍋に入れよ」

「かしこまりました」

蔵人介が履き物を脱いで鍋に近づくと、伝右衛門は音もなく消えた。

菜箸で摘まんだ肉を煮ているあいだも、橘は湯気の向こうで闊達《かったつ》に喋りつづける。

「湯原どのは隠居なされてな、今は番方をつとめるご次男夫婦のもとに身を寄せておられる。勘定方の組頭までつとめたご長男の誠四郎《せいしろう》どのは、今から三年前、お亡くなりになった。夜道で物盗りに襲われたものとされたが、最近になって湯原どのが町方の記した日誌に妙な記述をみつけられてな」

何と、十指の爪をすべて剝がされていたことがわかったという。

言うまでもなく、厳しい責め苦を受けたものと推察できた。

不審におもった湯原は八方手を尽くし、当時の調べをおこなった徒目付《かちめつけ》をみつけて問いつめた。

「どうやら、その徒目付も不審におもったそうで、再度殺しの調べをおこないたいと上申したところ、上から待ったが掛かったそうじゃ。物盗りのせいで死んだと断じた以上、見立てを覆すことになれば面目《めんぼく》が潰れるとの理由からじゃ」

それでも、湯原は粘り腰で調べつづけ、長男の誠四郎が八ヶ所入用金の使途について詳しく調べていたことを知った。当時の同僚によれば、作事方の水増し発注に関しては確たる証拠を摑んでいたという。

「おそらく、証拠はこれにございます」

湯原は懐中に手を入れ、厚めに綴じた冊子を取りだす。

「箪笥の奥に隠してあり申した。三年前に気づかなんだは、一生の不覚にございます」

「拝見しても」

「どうぞ」

手に取って頁を捲ると、作事方と材木商のあいだで交わされた金のやりとりが詳細に記されている。普請内容や発注金額にくわえて、作事奉行に還元された出金《でがね》の額とおぼしきものが日付順に朱で克明に記されていた。

あきらかに、裏帳簿の写しにちがいなかろう。

「几帳面《きちょうめん》な筆跡は、誠四郎のものにございます。おそらく、上申するためにしたためたものにござりましょう。されど、何枚か墨付き汚れがございます。おそらく、そのせいでこの冊子は手許に残し、寸分たがわぬ内容で墨付き汚れのない冊子を上申したのに相違ありませぬ」

「この程度の墨付き汚れでも、お気になさったのですか」

「誠四郎はそういう男でござりました。上申書一枚にしても、けっしておろそかにはいたしませぬ。几帳面で融通が利かぬかわりに、おかしいとおもったら、とことん追及する執拗《しつよう》さを備えていた。それゆえ、御定金を冗漫に使う者たちの行為は、小さな不正でも許すことができなかったのでしょう」

御定金を扱う八ヶ所すべての小役人たちから恨みを買い、大勢の敵をつくった。それでも、追及の手を弛《ゆる》めず、ついに作事奉行の不正をしめす証拠を摑んだ。

「墨付き汚れひとつない上申書を上役に上申した三日後、誠四郎は命を絶たれました。当時の上役、すなわち勘定吟味役に就いていたのは、樺沢弾正にござります。樺沢はそののち、御役料三百俵の勘定吟味役から一足飛びの出世を果たし、二千石取りの御作事奉行になった。どのような手妻《てづま》を使ったのかはわかりませぬ。おそらく、その裏帳簿にも明記された檜屋なる材木商と結託し、各所へ金をばらまいたのでござりましょう。あるいは、誠四郎の記した裏帳簿をねたにして、当時の御作事奉行や檜屋を強請《ゆす》ったのかもしれませぬ。いずれにしろ、裏帳簿を利用するためには、誠四郎が邪魔になった。樺沢は八ヶ所の諸役から恨みを持つ小役人どもを集め、誠四郎を闇討ちさせたに相違ござりませぬ」

湯原が息切れしそうになったので、橘がはなしを引きとった。

「爪を剝がしたのは、ほかに不正の証拠となる書面を手に入れたかったからであろう。八人の者たちは、それほど切羽《せっぱ》詰まっておった。自分たちのやっていることが露見すれば、腹を切らねばならぬとの認識があったからじゃ。それゆえ、誠四郎どのに責め苦を与え、仕舞いには膾《なます》斬りにせしめた。されど、すべては憶測じゃ。殺しの証拠はない。ただ、ここ数日のあいだに、殺しに関わったとおぼしき小役人どもがつぎつぎ殺められた。じつはそれこそが、三年前にあった湯原誠四郎殺しの証拠なのかもしれぬ」

「いったい、どういうことにござりましょう」

湯原家はそもそも、御家人であったという。

「誠四郎どのが優れていたがゆえに、旗本に格上げされたのじゃ。じつを申せば、誠四郎どのは御家人の家からの養子でな、実家の姓は香月と申すそうじゃ」

「……ま、まさか」

「さよう、おぬしも知る香月佐太夫は、誠四郎どのの実兄じゃ。何らかのきっかけで、実弟が死にいたった経緯を知ったのだろう。そして、殺しに関わった者たちを闇討ちにしはじめた。兄が弟の仇を討つのは逆縁《ぎやくえん》ゆえ、目付筋に願いでても許されぬ。復讐を遂げる方法は、闇討ちしかなかったのじゃ」

橘によれば、最初に殺められた材木奉行の吉川文右衛門は、十指の生爪をすべて剝《は》がされていた。おそらく、佐太夫は吉川の口から、三年前にあった凶事のすべてを聞きだしたのだろう。

「たったふたりの仲の良い兄弟にござりました……」

湯原は声を詰まらせる。

「……誠四郎は幼いころよりからだが弱く、同じ御家人長屋の洟垂れどもからいじめられていたそうです。『兄はつねに盾となり、自分を命懸けでかばってくれました』と、誠四郎はいつも、佐太夫どののことを誇らしげに語っておりました。ふたりのことをおもうと、まことに不憫《ふびん》でなりませぬ」

蔵人介も同情を禁じ得ない。

佐太夫は弟の仇を討とうと、たったひとりで闘っているのだ。

「果たすべき相手はあとふたり、御作事奉行の樺沢弾正と御小納戸御膳番の大垣主水じゃな。それがわかっていながら、指をくわえて眺めておってよいものかどうか」

「橘さま、どうなさるおつもりです」

「手はふたつ。黙って見過ごすか、それとも、樺沢と大垣をさきに捕縛して白洲に引きずりだすか」

「白洲に引きずりだし、かりに三年前の罪状があきらかになったとしても、曲がりなりにも幕臣のやったことが表沙汰になれば、幕府の面目は潰れましょう」

「ふむ。となれば、やはり、見過ごすしかあるまいか。されど、香月佐太夫なる者、実弟の仇討ちを見事に果たしたとしても、密命なきはただの人斬りも同然じゃ。人斬りを野放しにしておくわけにはまいらぬ。武士として、おのれのやったことの報いは受けねばなるまい」

「武士として」

「そうじゃ。おぬしは、香月佐太夫がどのように始末をつけるのか見届けよ。仕損じたときは、おぬしがその手で奸臣どもを成敗せよ。そして、大願成就のなったあかつきには、香月佐太夫に引導を渡してやるのじゃ。情けは捨てよ。今さら言うまでもなかろうがな」

橘はいつになく、厳しい試練を命じてくる。

湯原文悟は、あきらめたように黙りこんだ。

鍋は煮えたぎっている。

――武士として、おのれのやったことの報いは受けねばなるまい。

蔵人介は、橘の言ったことばを胸の裡で繰りかえした。

九

四日経った。

香月佐太夫は御家人長屋から居なくなり、病がちの母は不安な夜を過ごしている。麹町の鈴木道場へもすがたをみせておらず、目途を果たすべく何処かに潜んでいるものとおもわれた。

蔵人介は串部に命じ、御作事奉行の樺沢弾正を張りこませた。

樺沢はこのところ夜の外出を控えていたが、花街の灯りでも恋しくなったのか、宵の口から深川《ふかがわ》へと繰りだしていた。

といっても、永代寺《えいたいじ》門前の繁華な一角ではなく、蓬莱橋《ほうらい》のたもとから小舟を仕立て、二十間川《にじっけん》を東へ漕ぎすすんでいった。木場《きば》の町並みを左手にみながら平野《ひらの》川を進み、永木《えいき》河岸の船着場へ小舟を寄せたのである。

陸へあがれば洲崎《すさき》弁天へ通じており、別当《べっとう》の吉祥寺《きっしょうじ》境内には豪商や大名家の留守居役《るすいやく》などが使う『二軒茶屋』があった。

樺沢は『二軒茶屋』へ消えていった。

串部から「今宵は動きがありそうだ」との一報を受け、蔵人介は急いで洲崎弁天までやってきたのだ。

夜空には、わずかに欠けた十三夜《じゅうさんや》の月が輝いている。

蔵人介は小舟ではなく早駕籠を使い、深川洲崎の土手道を走らせた。

永木河岸のある裏堀の反対側は内海に面しているので、打ち寄せる波音が間近に聞こえてくる。

串部とは境内で無事に落ちあい、杉の木陰に身を潜めた。

「殿、あの見世にござります」

眼差しのさきには、大きな軒行灯《のきあんどん》の点《とも》る二階建ての楼閣が聳えている。わずかな間隔を開けて同じ外観の建物が二棟並んでおり、串部は向かって左手のほうを指差した。

樺沢は檜屋宗左衛門から接待を受け、いそいそとやってきたらしい。

「御小納戸御膳番の大垣主水も呼ばれておりますぞ」

となれば、ふたりの仇が顔を揃えたことになる。

なるほど、香月佐太夫はこの好機を逃すまい。

——自分も幸せになりたい。

佐太夫が谷津に告げた台詞を、蔵人介は嚙みしめていた。

本懐《ほんかい》を遂げ、過去の呪縛《じゅばく》から解きはなたれたあかつきには、好いた相手といっしょになりたい。そのような切実なおもいを抱く者に、はたして、引導を渡すことなどできるのだろうか。

無論、心を鬼にしてでも、密命は果たさねばならぬ。

だが、ほんとうにできるのか。

蔵人介にはめずらしく、激しい心の葛藤《かっとう》があった。

「返り討ちにあう公算も大きいですぞ」

たしかに、串部の言うとおりだ。

大垣には一度撃退されているし、樺沢も一刀流の免状を持つ遣い手らしかった。死ぬ気で掛からねば、勝機を見出すことはできまい。

骨を拾ってやるのは吝かでないが、蔵人介は佐太夫を死なせたくなかった。

生きのびさせてやる方法はないものかと、あれこれ考えつづけているのだ。

「闇討ちを仕掛けるとすれば、何処でしょうか」

串部は問いつつも、自分の読みを披露したがる。

「桟橋に屋根舟が待っております。悪党どもはおそらく、そちらの屋根舟を使って帰るつもりでしょう。そうなると、舟に乗りこむ寸前に桟橋で襲うのが得策かと存じます」

「まあ、そうなるだろうな」

「されど、桟橋の周囲に怪しげな人影はありませんでした」

「何処かに隠れているのさ」

蔵人介にはわかる。

波音に殺気が掻き消されているだけのことだ。

——ごおん、ごおん。

やけに大きな鐘の音が響いた。

「八幡鐘《はちまんがね》にござりますな」

刻は亥《い》ノ四つ半（午後十一時）、宴席の開始から二刻半（五時間）余りが経過したことになる。

そろそろ、おひらきになってもよい頃合いだ。

案の定、表口が騒がしくなった。

女将に導かれ、月代侍たちがぞろぞろやってくる。

樺沢弾正と従者がふたり、それに、大垣主水と檜屋宗左衛門がつづいた。

五人揃って裏堀の桟橋へ向かうものとおもわれたが、予想に反して、大垣だけは徒歩で土手道をたどりはじめる。

「ちっ、二手に分かれやがった」

舌打ちする串部に大垣を追わせ、蔵人介は残った四人の背中を追った。

やはり、佐太夫は桟橋で仕掛けるにちがいない。

強敵の大垣が居なければ、かえって優位に事を進められるかもしれぬ。

そんなことを考えつつ、永木河岸までたどりついた。

わずかに目を離した隙に、人影は桟橋へ降りたっている。

纏った立派な着物からして、先頭を歩くのが樺沢であろう。

「ん」

人影が三つしかない。

従者がひとり消えていた。

嫌な予感が脳裏を過ぎる。

もしや、罠ではないのか。

突如、怒声が響いた。

「樺沢弾正、覚悟せよ」

別の人影がひとつ、藪陰から飛びだしてくる。
面を付けておらず、佐太夫にまちがいなかった。
「ひぇっ」
檜屋が脇へ逃げる。
侍ふたりは応戦すべく、白刃を抜きはなった。
「あっ」
佐太夫は足を止める。
斬るべき相手がいない。
従者のひとりが樺沢に化けていたのだ。
「ふはは、鼠め、罠に掛かったな」
背後から、本物の樺沢弾正があらわれた。
振りむいた佐太夫の背中に、従者が斬りかかる。
――ばすっ。
佐太夫は咄嗟に逃げたものの、躱しきれずに横転した。
すぐさま起きあがり、従者の繰りだす二の太刀を斥《しりぞ》ける。
身のこなしから推すと、斬られた背中の傷は浅いようだ。

蔵人介は動きかけ、ぎりぎりのところで踏みとどまった。

できれば、ひとりで本懐を遂げさせたい。

そのおもいが、助っ人を躊躇《ためら》わせたのだ。

もちろん、佐太夫は窮地に追いこまれつつある。

手負いなうえに、三方から敵に詰めよられていた。

まんなかの樺沢が、低い声で問うてくる。

「おぬしが八ヶ所会の小役人どもを葬ったのか。いったい、誰の命でやった」

「誰の命でもないわ」

「されば、何故じゃ」

「三年前の恨みを晴らすため」

「何だと」

「湯原誠四郎をおぼえておろう」

「おったな、さような木っ端《こぱ》役人が。おぬし、湯原の縁者か。なるほど、わかったぞ。私怨ならば、責め苦を与えて吐かせる手間もいらぬ。あっさり、逝かせてやるゆえ、覚悟いたせ」

樺沢が大仰な仕種で抜刀すると、従者ふたりは左右に退いた。

堂々とした物腰をみれば、かなりの遣い手であることはわかる。

まずいなと察し、蔵人介は物陰から身を離した。

と、そこへ。

図体の大きな侍がやってくる。

別れたはずの大垣主水であった。

穂先の光る半槍を小脇にたばさみ、桟橋へ颯爽《さっそう》と降りてきた。

「樺沢さま、打ちあわせどおり、戻ってまいりましたぞ」

「大垣か。ほれ、鼠が掛かりおったぞ」

「ほう、敵はひとりにござりましたか」

「こやつ、湯原誠四郎の縁者らしい」

「湯原の縁者。なるほど、それでわれらの命を狙っておったのか。理由がわかれば、遠慮はいりませぬな。鼠の始末は、それがしにお任せくだされ。樺沢さまのお手をわずらわせるほどのことはござりませぬ」

そうしたやりとりの最中へ、串部がひょっこりあらわれた。

「おい、大垣とやら、おぬしの相手はわしじゃ」

「ん」

四人にくわえて、逃げていた檜屋までもが、一斉にそちらへ顔を向ける。

その間隙を衝き、蔵人介は音もなく五人の背後に迫っていった。

十

大垣が叫んだ。

「何じゃ、おぬしは。鼠の仲間か」

「まあ、そういうことにしておこう」

串部は堂々と応じ、桟橋へ降りてくる。

そして、両刃の同田貫を抜いてみせた。

「小癪《こしゃく》な」

対峙した大垣は、片手持ちの半槍を頭上で旋回させる。

「いざ」

串部は吐きすて、飛ぶように間合いを詰めた。

桟橋が左右に揺れる。

「ふん」

半槍の穂先が、串部の眉間に突きだされた。

「何の」

串部は同田貫で弾き、逆しまに切っ先で鼻面を撫でてやる。

仰け反った大垣の腕が伸びた。

すかさず、串部は半槍のけら首を掴み、えいとばかりに槍の柄を叩き折ってみせる。

驚いた大垣は槍を捨て、腰の刀を抜きかけた。

「遅い」

串部は懐中へ飛びこみ、すっと身を沈めるや、独楽《こま》のように回転する。

「ぬぎゃっ」

大垣の顔が上を向き、海老反りに倒れていく。

輪切りにされた両脚だけは、臑から下が残っていた。

臑斬りが決まった瞬間、蔵人介は樺沢の背後に立っている。

「うえっ、くせもの」

気づいた従者たちが、闇雲《やみくも》に斬りかかってきた。

蔵人介は抜刀し、苦もなくふたりを峰打ちにする。

ついでに、立ち惚《ほう》けている檜屋を白刃で袈裟懸けに斬りおとした。

「ぎゃほっ」

凄まじい血飛沫を背にしつつ、柄の長い鳴狐を鞘に納める。

「……お、おぬし、何者じゃ」

樺沢が恐怖で声をひっくり返した。

その背後で、佐太夫は瞠目《どうもく》している。

「将軍家毒味役、矢背蔵人介にござる」

名乗ってやると、樺沢は口をへの字に曲げた。

「鬼役づれが、何故、ここにおる」

「申すまでもない。密命により、奸臣を成敗しにまいった」

「密命じゃと」

「いかにも」

「待て。おぬしは勘違いしておる」

樺沢は慌てふためいた。

「人斬りはあやつぞ、おぬしが成敗すべきは、あそこに立っておる悪党じゃ」

「見苦しゅうござる」

「ぬわっ、くそっ」

樺沢は悪態を吐き、白刃を上段に振りあげた。

つんのめるように、真っ向から斬りさげてくる。

「ぬえい……っ」

刹那、蔵人介は鳴狐を抜きはなった。

互の目丁字の刃文が、月光に煌めく。

樺沢の一刀は、虚しくも空を切った。

一方、蔵人介の白刃は脇腹を剔《えぐ》っている。

「ぐはっ」

作事奉行は血を吐き、ふらふらと桟橋の縁へ向かった。

そこに、佐太夫が待ちかまえている。

「とどめを」

蔵人介の声に応じ、佐太夫は片膝を折敷いた。

繰りだしたとどめの一撃は、骨にまで達する水平斬りである。

樺沢は箍《たが》が外れたように頽《くずお》れ、そのまま川へ落ちてしまった。

――ばしゃっ。

水飛沫を浴びながら、佐太夫は納刀する。

片膝をついたまま、蔵人介を睨みつけた。

「……ど、どうして、助太刀を」

「心外か。されど、これもお役目。しかも、まだ終わってはおらぬ」

蔵人介が身構えると、佐太夫は察したようだった。

「なるほど、わたしも裁かれねばならぬということですね。当然にござる。むしろ、矢背さまに裁いていただければ、本望にござります」

「よう申した。全身全霊で掛かってくるがよい」

「はい」

鈴木道場での立ちあいが脳裏に浮かんだ。

木刀と真剣では異なるが、一度でも立ちあった相手の手筋ならば頭に描くことは難しくない。

負けは死を意味する。

蔵人介に負けはない。

白刃を合わせることなく、勝負は決するであろう。

「殿……」

離れて佇む串部の目は潤んでいた。

佐太夫の死を目にしたくないのだ。

蔵人介は愛刀を抜き、下段青眼に構えた。

佐太夫は背中の痛みを怺《こら》え、抜いた刀を右八相《はっそう》に持ちあげる。

「ひとつ聞かせてくれ」

蔵人介の問いかけに、佐太夫は怪訝《けげん》な顔をした。

「何でしょう」

「波どのを好いておるのか」

「えっ」

「好いておるのかと聞いておる」

「はい、好いております」

すっきりとした返事には一点の曇りもない。

「されば、まいる」

蔵人介は身を沈め、すっと間合いを詰めた。

佐太夫も間合いを詰める。

「ぬわっ」

腹の底から気合いを発し、横雷刀の構えから逆袈裟を浴びせてきた。

蔵人介は避けもしない。

太刀筋を見切りつつ、相手の脇を擦りぬけた。

――ぶん。

刃音の余韻《よいん》が響き、黒いかたまりが宙に飛ぶ。

振りむいた佐太夫の両肩に、ばさっと黒髪が垂れた。

足許に落ちてきたのは、飛ばされた自分の髷にほかならない。

――すちゃっ。

鍔鳴《つばな》りが聞こえた。

蔵人介の声が凛然《りんぜん》と響く。

「香月佐太夫は、今死んだ」

「えっ」

佐太夫は眸子を裂けんばかりに開いた。

蔵人介は平然とつづける。

「おぬしは、もはや、侍として生きることはできぬ。明日から生まれかわるがよい」

佐太夫は、がくがくと顎を震わせた。

——侍として生きることはできぬ。

そのことの意味を噛みしめねばならない。

何故か知らぬが、滂沱と涙が溢れてくる。

今は、生きていることへの感謝しかなかった。

「ぬはは、ようやった」

串部が駆けより、佐太夫の肩を鷲掴みにして揺さぶる。

「おぬしは、よう成し遂げた。弟の御霊も成仏できよう。母上をひとりにいたすな。侍の身分を捨てても、おぬしなら生きぬいていける。好いた相手と所帯を持ち、幸せになることもできようぞ」

「……か、かたじけなく存じます」

佐太夫は串部にもたれかかり、いつまでも泣きつづけた。

おそらくは、一生ぶんの涙を流したにちがいない。

今まで耐えてきた感情が、堰《せき》を切ったように溢れだしたのだ。

蔵人介は納刀し、ふたりに背を向けた。

——武士として、おのれのやったことの報いは受けねばなるまい。

厳しい顔で命じた橘右近も、このような結末を望んでいたにちがいない。そうであるならば、もうしばらくは密命を果たす役割を担ってもよかろう。

行く手には、深川洲崎の土手道が長々とつづいている。いびつな月に照らされた土手下には、寄せては返す白波が閃《ひらめ》いていた。

蔵人介は潮風に吹かれつつ、俯《うつむ》き加減に歩きはじめる。

何故か、良寛和尚《りょうかん》の詠《よ》んだ詩が口を衝いて出てきた。

「我が生何処《いずこ》より来たり、去って何処にか之《ゆ》く。ひとり蓬窓《ほうそう》の下に坐して、兀々《ごつごつ》、静かに尋思《じんし》す」

一心に念ずれば、どのような不信心者であろうと、悟りをひらくことができるのだろうか。

土手を吹きぬける風音が、あの世へ逝った者たちの噎《むせ》びにも聞こえてくる。

生きているかぎりは、しっかりと前を向いて歩いていかねばならぬ。

佐太夫にではなく、蔵人介はみずからの胸に言い聞かせた。

花一輪

一

長月《ながつき》九日、重陽《ちょうよう》の節句。

この日は四つ半（午前十一時）頃より、御三家および御三卿の拝賀が催される。

公方家慶は花色小袖に長袴を着け、御成廊下から表向きの白書院《しろしょいん》へ向かわねばならない。

拝賀に先立ち、中奥御座之間にて老中と若年寄《わかどしより》への御目見得《おめみえ》がある。

つい今し方、御小納戸から平常よりも早く登城の知らせが言上《ごんじょう》されたので、御小姓や御納戸や奥坊主たちが忙しなく廊下を行き来しはじめた。

蔵人介は笹之間に端然と座し、昼餉の毒味を終えようとしている。

「鯛に鮭《さけ》に鰆、昼餉の御膳は塩の蒸し焼きが多ござりましたな」

相番の古坂大四郎が金壺眸子《かなつぼまなこ》をぎょろつかせ、数え歌のように献立を復唱する。

御膳の皿には、まだ毒味の済んでいない鮎《あゆ》の塩焼きもあった。

はらごと下ろし大根の吸物もあるし、しめじと小海老の汁も温かいままだ。里芋や栗や木耳《きくらげ》の猪口、渋柿の白和え、鯨《くじら》の軟骨に辛子味噌を添えた膾《なます》、胡麻を混ぜて蒸した利休卵《りきゅうたまご》の口取りなども見受けられた。

「何故、利休と申すのであろう」

古坂は毒味もせぬくせに、暢気《のんき》な顔で尋ねてくる。

胡麻を使った品には「利休」の名が冠されるのだと、あらためて説くのも面倒臭い。

利休と言えば、蔵人介は利休茶に狢《むじな》の毛並みをあらわす狢菊文《きくもん》の小袖を纏っていた。利休茶とは緑の混じった灰色に茶をくわえた色のことで、一見すると渋すぎるため、洒落《しゃれ》好きでなければ良さはわからない。しかも、憲法黒《けんぽうくろ》の裃を羽織っているので、なおさら地味にみえる。

ただ、古坂には褒められた。

意外にも、着物の色味や柄に独自のこだわりがあるらしい。

今朝の装いもなかなかのもので、梅染《うめぞめ》の地に秋草文《あきくさもん》の小袖を纏い、黒に近い色の裃を纏っている。

公方や幕閣の重臣たちばかりでなく、節句の日は御小姓も御小納戸の面々も趣向を凝らした小袖を装って競いあう。中奥は何やら、洒落自慢の品評会に様変わりしたかのようだった。

「秋刀魚、鯖、かます、えぼだい、太刀魚《たちうお》。市井では旬の魚も、上様の御膳には並びませぬな。なかでも、しびと呼ぶ鮪は供しませぬ。されど、ここだけのはなし、それがしはしびの美味さを存じております。脂にざらつきのない背の赤身なぞは、まことに堪《こた》えられませぬ。色の変わりやすいものが美味うござってな、これは魚河岸の大将から直に聞いたはなしゆえ、まちがいござらぬ」

どうでもよい相番のはなしを聞き流し、蔵人介はそつなく毒味を終えた。

箸を置いたそのとき、廊下の奥から悲鳴らしきものが響いてくる。

「何じゃ」

古坂は立ちかけ、尻餅をついてしまった。

蔵人介は懐紙で口を拭き、すっと立ちあがる。

滑るように畳を進んで戸を開き、廊下へ踏みだした。

左右につづく襖が開き、裃の侍たちが飛びだしてくる。

「何じゃ、何があった」

誰かの問いに、汗まみれの奥坊主が応じた。

「森園官兵衛《もりぞのかんべえ》さま、ご乱心《らんしん》にござります」

家慶のそばに仕える御小姓頭取が乱心し、白刃を振りまわしているというのだ。

何かのまちがいであろう。頬を抓《つね》りたくなった。

「何処じゃ、乱心者は何処におる」

「能舞台に」

「すわっ」

戸惑う者たちを押しのけ、手柄を狙う連中が駆けだした。

蔵人介も前のめりになり、先を競うように廊下を渡っていく。

公方家慶は老中たちともども、御座之間に控えているはずだ。

御座之間の右手が能舞台だが、乱心者のすがたは舞台にない。

血達磨の奥坊主がひとり、屍骸《むくろ》となって転がっている。

「御腰物部屋から御湯殿へ向かったぞ」

誰かの叫びに導かれ、すぐさきの御湯殿へ走った。

乱心者はそこにもおらず、裃姿の役人どもが右往左往している。

どうやら、囲炉裏之間と御休息之間の狭間へ躍りこんだらしかった。

狭間のさきには萩之廊下があり、さらにさきへ進めば、一周まわって反対側から御座之間へ達することになる。

部屋には公方家慶がいるはずだ。

心ノ臓が早鐘《はやがね》を打ちはじめる。

蔵人介は慌てふためく者たちを追いこし、萩之廊下の手前までやってきた。

「ぬわっ、そこを退けい」

乱心者が怒声を発している。

目と鼻のさきに、橘右近の背中がみえた。

「森園、正気になれ。刀を捨てよ」

懸命に説得をこころみる橘の肩越しに、髪を振りみだした森園官兵衛が仁王立ちになっていた。

面貌《めんぼう》は赤鬼と化し、血走った眸子は宙を睨んでいる。

「改易《かいえき》じゃ、改易。一千石の森園家は潰されおったわ、ぬは、ぬはは」

危うい。

森園の向こうには、家慶のすがたがみえる。

家臣たちは後方へ退かせようと必死だが、家慶は梃子《てこ》でも動かぬ構えをみせていた。好奇心旺盛な公方だけに、事の顚末《てんまつ》をおのが目でしっかりと見届けたいのであろう。

「橘さま」

蔵人介の囁きに、橘は振りむいた。

「おう、蔵人介、よいところへ来た。あの乱心者めを、刀を使わずに取り押さえてくれぬか」

「承知つかまつりました」

城中で刀を使えば、おのれも無事では済まされぬ。

それゆえ、小姓たちも手を出しあぐねているのだ。

蔵人介は一歩、大きく踏みだした。

と同時に、森園が叫びあげる。

「ぬおおお」

白刃を格天井《ごうてんじょう》に突きあげ、御座之間へ躍りこんでいった。

刹那、ひとりの小姓が、鉄砲玉のように飛びだしてくる。

「乱心者、覚悟せよ」
言うが早いか、手にした刀を抜きはなった。
「あっ」
周囲の誰もが固唾《かたず》を呑む。
つぎの瞬間、小姓は森園官兵衛の脾腹《ひばら》を裂いた。
――ぶしゅっ。
鮮血が床や壁を濡らし、家慶は後方へ連れていかれる。
森園は俯《うつぶ》せに倒れ、そのまま動かなくなった。
蔵人介が駆けより、首筋に指で触れる。
「ことされたか」
橘の問いに、うなずいてみせた。
乱心者は眸子を剝き、舌を出して死んでいる。
青黒い舌の色をみて、蔵人介は眉根を寄せた。
毒を盛られたときの症状に似ていたからだ。
一方、家慶を守った小姓は刀を握ったまま、ぶるぶる震えている。
家慶お気に入りの御刀番《おかたなばん》、長谷川桂馬《はせがわけいま》であった。

蔵人介もよく知る機転の利く若侍だ。

齢は二十歳を超えたばかりであろう。

抜いた刀は五郎入道正宗《ごろうにゅうどうまさむね》の銘刀、家慶が常日頃から愛《め》でつづけてきた正真正銘の大業物《おおわざもの》にほかならない。

「愚か者め」

格別に目を掛けていた小姓らしく、橘はがっくり肩を落とした。

長谷川桂馬に切腹の沙汰が下されるのは、火をみるよりもあきらかだ。

ことによったら、長谷川家は改易となるかもしれない。

乱心者の屍骸は伊賀者たちの手で片付けられ、公方の命を守った哀れな小姓は目付に促されて何処かへ連れていかれた。

「何故、かようなことになるのじゃ」

口惜しがる橘を慰めることばもなく、蔵人介は血腥い廊下に佇むしかなかった。

二

長谷川桂馬は腹を切った。

公方家慶は愛刀の正宗をともに葬るよう、近習《きんじゅ》たちに命じたという。

橘は小姓を束ねる者として、森園官兵衛の不始末を詫びるとともに、長谷川家の存続を家慶に直訴した。そののち、老中首座の水野忠邦より「側近の立場を利用して無理筋《むりすじ》な訴え」をおこなったとして、逼塞《ひっそく》三十日の沙汰を受けた。

凶事から四日後の夕刻、蔵人介は秘かに橘の屋敷を訪れた。

「よくぞ、逼塞三十日で済んだものじゃ」

橘は無精髭の伸びた顔に苦笑いを浮かべる。

「減封《げんぽう》のうえ蟄居《ちっきょ》の命が下されるとおもうたわ。少なくとも、水越さまはそうしたかったであろうからな。沙汰を申しわたす際も、口惜しげにしておられたぞ。すべては上様のご配慮、口喧《くちやかま》しい老体でも捨てるには忍びないとおぼしめされたのじゃろう。重々、感謝せねばなるまい」

表門は閉ざされていたが、居間の障子戸は開けはなたれている。

ふと、中庭の片隅に目をやれば、つがいの鵯《ひよどり》が熟柿《じゅくし》を啄《ついば》んでいた。

暮れゆく空は寒々として、晩秋というよりも、冬の気配すら感じさせる。

「雲が厚いのう」

今宵十三夜は後《のち》の月、蔵人介の家でも月見の仕度をととのえていた。

三方《さんぼう》に団子を堆く積み、尾花《おばな》や女郎花《おみなえし》や薄《すすき》などで飾りたてるのだ。中秋《ちゅうしゅう》の名月だけを愛でるのは「片月見《かたつきみ》」と称して忌《い》み嫌われ、後の月も愛でてはじめて願掛けは成就するものと信じられている。逼塞の身となった橘にすれば、是が非でも今宵の月は拝んでおきたい気分なのであろう。

それにしても、何故、橘は水野忠邦から疎《うと》んじられるようになったのか。中奥の「ご意見番」として家慶に気に入られていることが、以前から癪に障るようではあったが、付かず離れずのほどよい関わりを保ってきたはずだった。ところが、ここ数ヶ月のあいだに、橘は忠邦にとって看過できぬような目の上のたんこぶとなりつつあった。

三月前の六月には太田備中守の要請に応じ、水戸斉昭《みとなりあき》を骨抜きにした奥向きの女官と陰陽師《おんみようじ》の実父を亡き者にした。刺客を命じられたのは、蔵人介にほかならない。また七月には、備中守も異を唱えた三方領地替えの幕命を覆させるべく、裏でさまざまな工作をおこなった。

太田備中守は忠邦の天敵と目され、忠邦の注進によって老中の座を逐《お》われた人物である。備中守に同調した水野降ろしとも言うべき橘の動きは、当然のごとく隠密裡《り》におこなわれたものであったが、諸方面に間諜を差しむけている忠邦ならば気づかぬはずはなかった。

　橘は気づかれたと察するや、ひらきなおったかのように大胆な行動を取りはじめた。

　先月は「ご意見番」として「改革」の行きすぎを家慶に進言し、今月にはいって早々には、忠邦の資金源ともなっている天保小判の鋳造を即刻中止すべき旨を勘定奉行に訴えた。いずれも、老中や若年寄の了解も取らずにおこなわれるので、忠邦としては橘が厄介な存在として映りはじめていたのだ。

　そうした背景も踏まえつつ、蔵人介は独自に調べをすすめていた。

「本日お訪ねしたのは、森園官兵衛の舌が青黒かった点に疑念を抱いたからにござります。森園は乱心の前日、御渡廊下で御膳の汁をこぼすという失態をしでかし、謹慎の身になっておりました」

　伝右衛門に森園の周辺を探らせてみると、汁をこぼした日の小姓控部屋で、奥坊主が得体の知れぬ乾燥草の断片をみつけていた。それを入手して念入りに調べたところ、正体が判明したのだ。

「曼陀羅華《まんだらげ》にござりました」

　奥医師が麻酔などのために使用する。服用する量によっては、せん妄《もう》や錯乱、あるいは幻覚をも生じさせる毒草であった。

「奥坊主は森園が腹痛を訴え、奥医師の井出通亥《いでつうい》から投薬をされていたと告げました」

伝右衛門はさっそく、井出を探りはじめた。

いずれにしても、中奥で突発した一連の出来事に、蔵人介は何者かの作為を感じざるを得ない。

橘に動揺の色はなかった。

ある程度は予期していたのだろう。

「森園の乱心は、何者かがわしを陥《おとしい》れようとしてやったことだと、さように申すのか」

「御意《ぎょい》にござります」

「耳の痛いはなしよ。そうであったとすれば、なおさら、長谷川桂馬に向ける顔がのうなる。わしのせいで死んだも同然になるからのう。されど、仕組まれたものであったと判明したあかつきには、相手が誰であれ牙を剝かねばなるまい。唯一、それが桂馬への供養になる」

橘は嚙みしめるように言い、ふいに黙った。

そこへ、二十歳にも満たぬ娘がやってくる。

「失礼いたします。お茶をお持ちしました」

途端に、橘は眦《まなじり》を垂らした。

「おう、千代《ちよ》か。あいかわらず、気が利くのう」

褒められて頬を赤らめ、千代と呼ばれた娘は部屋を去る。

足早に遠ざかっていく後ろ姿を、蔵人介は黙然と見送った。

「案ずるな。用人頭《ようにんがしら》の神野八百吉《じんのやおきち》が自分の養女にした町娘じゃ。神野がわしのことを案じ、身のまわりの世話をするために付けてくれたのさ」

つい半月ほどまえまで、浅草《あさくさ》の黒文字《くろもじ》屋で看板娘をしていたらしい。

神野が気に入り、黒文字屋の主人に頼んで養女に迎えたのだ。

「千代が来てくれてから、屋敷のなかは明るうなった。まさに、あれと同じよ」

橘は斜め後ろを向き、床柱に飾られた桔梗《ききょう》に顎をしゃくった。

「おぬしも知るとおり、わしには子がない。つれあいを失ってからは、独り寝の淋しさを酒でどうにか紛《まぎ》らわせてきた。そんなわしにとって、千代は一輪の花じゃ。淑《しと》やかな微笑みで、心を和ませてくれよる」

淋しげに笑う橘に、蔵人介は同情を禁じ得ない。

一日でも早く、城勤めへ復帰させせねばとおもった。家族を持たぬ橘にとって、役目だけが生き甲斐なのだ。このまま駿河台の屋敷に埋もれされておくわけにはいかない。

「近頃は、例の寿詞《よごと》を聞いておらぬのか」

唐突に問われ、蔵人介は面食らった。

橘は煎茶《せんちゃ》を啜り、予期せぬことを喋りだす。

「作事方書役の香月佐太夫は実弟の仇を討つべく、八ヶ所会に属する役人たちをつぎつぎに葬っていった。ただし、五番目に葬られた勘定吟味役だけは別であった。辻番などの証言から、痩せ男の仕業ではないかと疑っておったのじゃな」

「はっ」

「じつは、勘定吟味役の三浦祐太郎とは懇意にしておってな、殺められる前日、わしに折り入ってはなしたいことがあると言うてきた。城中では人目もあるゆえ、暗くなってから家を訪ねてくる約束じゃった」

「森園官兵衛の一件と、どういう関わりがおありなので」

「水越さまなら、わしを排するとしても、かようなまわりくどいことはせぬとおもうてな。それならば、誰かと考えたのじゃ」

どうやら、脳裏に浮かんだ人物がいるらしい。

「筆頭目付の鳥居耀蔵かもしれぬ。あやつめ、水越さまのご機嫌を取り、町奉行になろうと必死じゃからな」

鳥居が矢部駿河守の後釜を狙っていることは、今や幕閣で知らぬ者とていない公然の秘密だった。

「されど、鳥居はわしを警戒しておるゆえ、よほど切羽詰まらぬかぎり、危うい橋は渡らぬ。鳥居ではないかもしれぬと考えたとき、三浦を殺めたであろう痩せ男のことが頭に浮かんだのじゃ」

橋は小首をかしげ、丸眼鏡の奥から覗いてくる。

「そやつ、金座支配の後藤三右衛門に雇われた刺客である公算が大きいと申しておったな」

「はっ」

「後藤は言うまでもなく、天保小判を鋳造せしめた張本人じゃ。金の品位を半分近くまで下げた小判を、際限もなく量産しておる。これ以上の悪貨鋳造を阻まねばならぬと、わしは居たたまれぬおもいで勘定奉行と掛けあった。月初のはなしじゃ。勘定奉行の久留嶋《くるしま》主馬《しゅめ》を城内にて捕まえ、神君《しんくん》家康《いえやす》公の御遺命を教えてやった。

『子々孫々にまで貨幣の品位を落としてはならぬ』という御遺命をな」

　蔵人介は膝を躙りよせる。

「久留嶋さまは、何と応じられたのですか」

「深々と頭を下げ、金座の後藤によくよく申しつけておくとこたえおった。されど、あやつは狸ゆえ、伝えたかどうかはわからぬ。むしろ、後藤に命じて刺客を差しむけるのではないかとさえおもうたが、それならそれで久留嶋の邪《よこしま》な考えが露呈するやもしれぬと期待したのじゃ」

「久留嶋さまは何か、暴かれたくないような秘事を抱えておいでなのですか」

「わからぬ。ただ、勘定吟味役の三浦は、そのことを告白したかったのではないかとおもう」

「すると、三浦さまは、久留嶋さまの命で刺客を向けられたと」

「すべては憶測の域を出ぬが、わしはそう考えておる。久留嶋の依頼で後藤が動いた。それゆえ、辻番は怪しげな寿詞《よごと》を聞いたのじゃ」

　痩せ男はいとも簡単に、勘定吟味役を抹殺した。

「無論、そちらの経緯と森園の一件を結びつけるのは早計かもしれぬ。されど、城内でまことしやかに囁かれておる噂もある。久留嶋は水越さまに取り入り、万石取りの大名への格上げを狙うておるとか。噂が真実ならば、水越さまの心根を斟酌《しんしゃく》し、わしを陥れようとしたとも考えられる。いずれにしろ、調べてみる価値はあるやもしれぬゆえ、おぬしに告げたまでのことじゃ」

「承知いたしました」

うなずく蔵人介に向かって、橘は眸子を細める。

「はなしが長うなってしもうたな。おぬしには、まだまだ伝えておきたいことが山ほどある。されど、今宵はちと疲れた。月も出ぬようじゃし、早めに休むといたそう」

「されば、これにてお暇《いとま》申しあげますが、お屋敷の防《ふせぎ》に抜かりはござりませぬか」

「案ずるな。腕っこきの用人どもを配しておるし、いざとなれば、伝右衛門もおる。おぬしは早う家に帰れ。志乃どのに、くれぐれもよしなにとお伝えせよ」

「はっ」

そう言えば、若い時分は志乃に惹《ひ》かれていたと、橘自身から聞いたことがあった。

蔵人介は、後ろ髪を引かれるおもいで辞去《じきょ》した。

門脇の潜り戸から外へ出ると、すでに周囲は薄暗い。

ほっそりした人影がひとつ、壁際から近づいてきた。

公人朝夕人の伝右衛門である。

「今から、奥医師のもとへまいろうかと。責め苦を与えてでも、誰の命で森園官兵衛に毒を盛ったのか吐かせねばなりませぬ」

「ほう、おぬしにしてはめずらしく、焦っておるではないか」

「よろしければ、つきあっていただけませぬか」

伝右衛門は、有無を言わせぬ調子で迫ってくる。

殺気すら感じたので、蔵人介は拒むことができなかった。

三

井出通亥の屋敷は、芝《しば》の露月町《ろうげつちょう》にあった。

公方家慶の脈を取る「脈取り医者」のひとりだけに、井出はいつも権威の衣を纏っているかのような横柄な態度を取り、城を離れても市井の者たちはいっさい受けつけず、高い薬礼を払うことのできる大名や大身《たいしん》旗本だけを診察していた。

「されど、廓《くるわ》遊びや茶屋遊びなどの遊興が過ぎ、蓋を開ければ勝手は火の車にござりました。誰かに甘いことばで誘われれば、御小姓頭取に毒を盛る程度のことはしでかしたにちがいござらぬ」

「やはり、狙いは橘さまを陥れることか」

「森園官兵衛は素行が今ひとつであったがゆえに、白羽《しらは》の矢が立ったのでしょう。そこに、御刀番の長谷川桂馬さまが巻きこまれた」

伝右衛門の見立てどおりならば、井出通亥を責めて黒幕の正体を吐かせ、目付筋にこれこれしかじかと事情を訴えれば、家慶の周辺を揺るがした凶事の経緯が白洲であきらかにされる公算は大きかった。

そうなれば、罠に嵌《は》められた橘は逼塞を解かれるであろう。

ふたりは一日も早い橘の復帰を願い、手荒なまねをするのも吝かでないと覚悟を決めていた。

だが、露月町の屋敷を訪ねてみると、何やら騒がしいことになっている。

町奉行所の物々しい捕り方が家の内外に集まり、野次馬たちも表口に人垣を築いていた。

「いったい、何があったのだ」

野次馬のひとりは首を捻る。

「お偉い医者が、物盗りに殺られちまったらしいよ」

「死んだのか」

「ああ、首を斬られてね」

人垣を掻きわけて前へ進むと、陣笠の人物が配下にてきぱきと指図を送っていた。

北町奉行の遠山景元《かげもと》であった。

蔵人介を目敏くみつけ、手招きしてみせる。

「侍女の急報で飛んできたら、このざまさ。寝所《しんじょ》には、井出通亥の胴だけが転がってやがった」

「えっ」

「首がねえのさ、何処にもな」

遠山はこちらの反応を窺い、探るような眸子で問うてくる。

「おめえさん、下手人に心当たりはねえか」

「ござりませぬな」

小鼻を膨らませて応じると、遠山は顔をすっと近づけてきた。

「冷静沈着な鬼役にしちゃ、めずらしく動揺してんじゃねえか。そもそも、ここへ何しに来やがった。まさか、奥医師に引導を渡しにきたのじゃあるめえな」

「まさか」

「だったら、何だ。知っていることを教えてもらうぜ」

以前の遠山ならば、事情をはなしていたかもしれない。だが、近頃は水野忠邦におもねるところも見受けられ、肚の中が読めぬようになってきたので止めておいた。

「ふん、おめえもずいぶん変わっちまったな」

「変わったのは、どちらでしょうね」

「おれは変わっちゃいねえ。町奉行の地位に留まるにゃ、世渡り上手にならなきゃならねえってことさ。南町奉行の矢部さまをみてりゃ、わかんだろう。頑《かたく》なに正義を貫いても、上に疎んじられたらさきはねえ。名を捨てて実《じつ》を取れってこと。やりてえことをやるにゃ、表向きはへえこらするっきゃねえんだよ。おっと、嫌なやつが来やがった。おれはこの辺りで手を引くぜ。奥医師殺しは、町奉行の範疇《はんちゅう》じゃねえからな」

遠山が指図を出すと、捕り方どもは潮が引くように去っていった。

代わりに調べの指揮を執るべく颯爽とあらわれたのは、筆頭目付の鳥居耀蔵にほかならない。

権謀術数《けんぼうじゅつすう》を弄《ろう》し、狙った相手はとことん追いつめ、偽りの罪状をでっちあげてでも牢にぶちこもうとする。尚歯会《しょうしかい》の渡辺崋山《わたなべかざん》や高野長英《たかのちょうえい》が悲惨な末路をたどった例をみれば、一目瞭然だった。水野忠邦の方針を過激な手法で体現し、人々の恐怖を煽《あお》って幕府の権威を保とうとする。しかも、すべては忠心からではなく、おのれの野心を満たすためにおこなっているのだとすれば、鳥居こそが邪智奸佞《じゃちかんねい》の徒ではないかと、蔵人介は悪態を吐きたくなった。

いつのまにか、伝右衛門のすがたは消えている。

蔵人介も顔を隠して去りかけたが、鳥居に呼びとめられた。

「おい、待て」

猛禽《もうきん》のような眸子《まなこ》を剝き、大股で近づいてくる。

「おぬしはたしか、鬼役であったな。こんなところで、何をしておる」

「ただの野次馬にござります。ご容赦くだされ」

「ふん、怪しいな。むかし、越前守さまに伺ったことがある。おぬし、逼塞となった橘さまの子飼いではないのか」

「おもいちがいにござりましょう。それがしは一介の鬼役にござります」

「それゆえ、問うておるのじゃ。一介の鬼役が、何故、血腥い屋敷におる。もしや、井出通亥を殺めたのは、おぬしではないのか」

　蔵人介は、ぴっと片眉を吊りあげた。

「聞き捨てになりませぬな」

「抗うのか。されば、腰の長柄刀《ながつかとう》を抜いてみせよ。白刃に血曇りが付いておらぬか、この目で確かめてくれよう」

「よろしいので」

「ん、何がじゃ」

「血曇りが付いておらなんだら、どうなされます」

「ふん、どうもせぬわ」

「そういうわけにはまいりませぬ。抜かせるほうにも、抜くほうと同等の覚悟が必要かと」

　鳥居は眸子を細め、尖った顎を撫でまわす。

「武士に刀を抜けと申すは最大の屈辱、とでも言いたいのか」

「御意」

「おぬし、抜刀術《ばっとう》の名人であったな。抜かせたら、どうする。わしを斬るか」

「斬るのは、偽りの権威にござる」

「ぬうっ」

鳥居は唸った。
こめかみに血管がくっきり浮きでる。
「去《い》ね」
ひとこと発し、くるっと踵《きびす》を返した。
蔵人介は安堵の溜息を吐き、屋敷に背を向ける。
大人げないまねをしてしまったと、悔やんでも後の祭りだった。
義弟の綾辻市之進《あやつじいちのしん》は徒目付《かちめつけ》ゆえ、鳥居から嫌がらせを受けるかもしれない。
それでも、意地を張らずにはいられなかった。
刀を抜いていたら、鳥居を斬っていたかもしれない。
少なくとも、斬りたい衝動に駆られていたのは確かだ。
月明かりも射さぬ夜道に、重い足を引きずった。
奥医師という端緒《たんしょ》を失った以上、ほかの手を探らねばならぬ。
薄暗い東海道をたどり、芝口《しばぐち》までやってきた。
溜池《ためいけ》のほうから、生温い風が吹いてくる。
怪しげな寿詞が、何処からともなく聞こえてきた。
――どうどうたらりたらりら、たらりあがりららりどう。

痩せ男か。

怖気《おぞけ》立つ。

橋の手前で立ちどまり、蔵人介はさっと身構えた。

術でも掛けられたのか、手足が金縛りにあったように動かない。

幅の広い大路が、突如、一寸先も見通せぬ隘路《あいろ》に変わってしまった。

水音も聞こえぬ川縁を、白い衣を纏った人影が滑るように移動してくる。

ぽっと闇に浮かんだのは餓鬼《がき》の顔、この世の辛酸《しんさん》を嘗《な》めつくし、あの世の地獄で苦しむ亡者《もうじゃ》のごとき顔とでも言うべきか。

頬の肉はこそぎ落とされ、半眼であの世をみつめている。

面なのか、人の顔なのか、もはや、それすらも判然としない。

「久方ぶりじゃのう。たまにこうして、おぬしの顔がみとうなる」

「くっ……」

問いたいことは山ほどあった。

誰に雇われているのか。目途は何か。そして、矢背家の面々にまとわりつく理由は何故か。

だが、詰まるところ、問いたいことはひとつだけかもしれない。

おぬしはいったい、何者なのだ。

胸の裡で問いかけると、不気味な笑い声が響いた。

「ぬひゃひゃ、さような問いに意味はない。死にゆく者に何を語っても詮無いことゆえな」

痩せ男は幽鬼のごとく身を寄せ、すっと腰の刀を抜きはなつ。

反りの深い長尺刀《ちょうじゃくとう》だ。

「黄泉《よみ》におくって進ぜよう」

ふたたび、寿詞《よごと》が聞こえてきた。

――ちりやたらりたらりら、たらりあがりららりどう。

やはり、手足は動かぬ。

覚悟を決めるしかないのか。

刹那。

――かん、かん、かん。

疳《かん》高い柝《き》の音が闇を裂いた。

分厚い緞帳《どんちょう》が落とされ、金縛りの術が解ける。

「ねいっ」

蔵人介は、腰の鳴狐を抜いた。

必殺の水平斬りを繰りだすや、痩せ男はふわりと後方へ飛び退き、橋の欄干に舞いおりる。

「邪魔をいたすは尿筒持ちか。ふん、侮れぬ狂言師め」

痩せ男はくぐもった声で言い、丸みを帯びた壺のようなものを抛ってみせる。

「手土産じゃ」

足許に転がってきたのは、坊主頭の生首であった。

「うっ」

井出通亥にまちがいない。

「……お、おぬしが殺めたのか」

問いかけても、返事はなかった。

痩せ男は煙と消え、伝右衛門が入れ替わるように土手下から顔を出す。

「危ういところにござりましたな」

「柝を打ったのは、おぬしか」

「いかにも」

伝右衛門は、奥医師の生首に目を落とす。

「口封じにございますな」

「誰の罪を隠そうとしたのだろう」

「御前の見立てでは、勘定奉行の久留嶋主馬ということになりましょうか」

久留嶋が金座支配の後藤に依頼し、痩せ男が動いた。

勘定吟味役の三浦祐太郎が殺められたのと同じ筋書きだ。

「証拠は何ひとつない」

「されど、ほかに端緒もございませぬ」

久留嶋主馬を探ってみると言い、伝右衛門はすがたを消した。

風に流れる群雲が途切れ、わずかに欠けた月が顔を覗かせる。

蔵人介の行く手には、仄白《ほのじろ》い道が何処までもつづいていた。

四

翌々日は早朝から晴れた。

「今宵は満月を愛でられましょうな」

庭木の手入れをする吾助が、腰を伸ばして朗らかに言いはなつ。

先代から仕える下男は、志乃も頼りにしている矢背家の「生き字引」だ。六尺を超えるからだつきをみてもわかるとおり、洛北の八瀬で生まれ育った男にほかならない。

「秋が深まると、山里の赦免地踊《しやめんち》りが瞼の裏に浮かんでまいります」

「そうだな」

と、応じつつも、蔵人介は八瀬の赦免地踊りを目にしたことがない。

志乃からはなしを聞いていたので、その賑わいや楽しさを知っているような気になっているだけだ。

赦免地踊りのはじまりは、今から約百三十年ほどまえに遡る。

八瀬の民は洛中に良質な薪炭《しんたん》を売ることで生計を立てていたが、木々を伐採する裏山が比叡山延暦寺《えんりやくじ》の寺領と接しており、むかしから入会《いりあい》の権利をめぐって延暦寺と小競り合いを繰りかえしてきた。

これにたいして、ときの徳川幕府で老中首座の地位にあった秋元但馬《たじま》守喬知《たかとも》が公正な裁きを下した。延暦寺の寺領をほかに移し、八瀬の地と隣接する旧寺領は禁裏領に付けかえることによって保護するという見事な解決策を講じたのである。

八瀬の民は狂喜し、みなで何日も踊り明かしたという。

やがて、秋元喬知の徳を称える秋元神社が八瀬天満宮のなかに建立《こんりゅう》され、毎年秋になると奉納踊りが催されるようになった。

「山里が恋しいであろうな」

蔵人介が水を向けると、吾助は淋しげにうなずく。

「江戸暮らしが長《なご》うなりました。おそらく、死ぬまで山里の景色を目にすることはござりますまい。されど、こうして遠くの空から懐かしむことができるだけでも、故郷とはありがたいものにござります」

吾助は野良着姿の似合う好々爺《こうこうや》だが、並みの下男とはちがう。体術に優れ、命懸けで志乃を守る胆力と覚悟を秘めていた。じつは三月前、志乃を救って大怪我を負った。小石川《こいしかわ》の手前、神田川に架かる「どんど橋」で刺客と激闘におよび、胸をざっくり斬られたのだ。

その刺客こそ、痩せ男であった。吾助は生死の境を彷徨《さまよ》ったのち、志乃の懸命な看病によって一命を取りとめた。

痩せ男のはなしは、一度もしたことがない。

吾助もはなしたがらぬし、聞いても詮無いものとおもっていた。

「殿、またあやつめが出おったのですか」

「ん」

「痩せ男にございます」

「誰に聞いたのだ」

「公人朝夕人に聞きました」

「ほう、初耳だな。吾助が伝右衛門と知りあいであったとは」

「親しゅうはございませぬ。殿のご様子が気になり、こちらから声を掛け、しつこく問うたのです。お許しください、余計なまねをしてしまいました。されど、痩せ男はお家に禍《わざわい》をもたらす邪鬼《じゃき》にございます。あのときも大奥様に向かって『ようやく、会えた』と口走り、お命を奪おうといたしました。『おぬしはわしを知るまいが、わしはおぬしをおぼえておったぞ』とも告げておりました。何か、奥深い恨みを抱えておるような気がいたします」

おのが恨みを晴らすべく、いずれまた仕掛けてくるにちがいないと、吾助は恐れていたらしかった。

「痩せ男を滅するために、少しでもお役に立ちたいのでございます」

「何か、気になることでもあるのか」

吾助は鎌を腰帯の後ろに差し、縁側へのっそり近づいてくる。

「はなしを、お聞きくださりますか」

「ふむ」

「志乃さまからお聞きおよびかと存じますが、あの者、無拍子《むびょうし》流の空下りを会得《えとく》してござります。空下りとは、申すまでもなく、能役者が舞いの途中でわざと足を踏みはずす技のことにござります」

予期せぬ動きによって、吾助は振りまわした鉈《なた》を躱され、逆しまに胸を袈裟懸けに斬られた。

ふさがったはずの胸の傷が疼《うず》くのか、吾助は渋面《じゅうめん》をつくる。

「あの動き、能役者そのものにござります。そして、あの怪しげな謡《うたい》を、山里の何処かで聞いたことがござりました」

「まことか」

蔵人介は身を乗りだす。

「あの寿詞を耳にしたことがあるのか」

「洟《はな》を垂らした童子のころにござります。どうどうたらりたらりら、たらりあがりららりどう……もしかしたら、婆さまが口ずさんだのやもしれませぬ」

百歳の長寿を全《まっと》うした吾助の祖母は、琵琶《びわ》湖の比良《ひら》山地に棲むという「能面居《のうめんこ》士《じ》」の逸話をしばしば語ってくれたという。

「面が顔から離れなくなった修行僧の逸話にござります。何者かの怨念が面に憑《ひょう》依《い》し、修行僧は夜な夜な洛中にあらわれては人を食うようになった。やがて、この世とあの世を行き来する化け物になったと、そんな逸話にござります」

「痩せ男が、婆さまの語った能面居士だと申すのか」

「しかとは申しあげられませぬ。されど、何かの役に立てばと」

「そのはなし、養母上《ははうえ》には」

「申しあげておりませぬ」

余計な心配を掛けたくないので、志乃には告げてほしくないと言う。

「わかった。しっかり、胸に留めておこう」

「かたじけのうござります」

吾助は胸のつかえが取れたのか、晴れ晴れとした顔で去っていった。

そこへ、幸恵がやってくる。

「橘さまのもとから、御使者がおみえになりました」

「ん、すぐにまいる」

急いで客間へ向かうと、志乃が応対していた。

使者は両鬢の白い用人頭、神野八百吉である。

志乃の点《た》てた抹茶を啜り、嬉しそうに落雁《らくがん》まで食べていた。

喫緊《きっきん》の用件でもなさそうなので、蔵人介は胸を撫でおろす。

「蔵人介どの、神野さまがおみえですよ」

「はい」

志乃が神野と親しげなので、蔵人介は不思議そうな顔をする。

「二十年もまえから存じております。血気盛んなころは、木刀で打ちあったことも。ねえ、神野どの」

「お懐かしゅうござります。手前がどのように打ちかかっても、志乃さまはことごとく撥《は》ねかえしておしまいになった。それがしにとって、志乃さまは堅固《けんご》な高い壁にござります」

「まあ、人を壁呼ばわりですか」

「あ、いや、それはあくまでも、喩《たと》え話にござります」

しどろもどろになる神野にたいし、志乃は優しく微笑んだ。

「されば、わたくしはこれにて。橘さまにお伝えくだされ。いざとなれば、わたくしが身を守りにまいると」

「えっ」

「ほほ、戯れ言にござりますよ。近々、茶を点《た》てにでもお伺いするとお伝えくださされ」

「はっ、お気遣い、かたじけのう存じます。そうしていただければ、殿がどれほどお喜びになることか」

志乃は部屋から出ていき、神野はしばし涙ぐみながら余韻に浸った。

蔵人介は軽く咳払いをし、訪れた用件を問うてみる。

神野は我に返り、武張《ぶば》った所作でお辞儀をした。

「申し遅れました。じつは昨夜、お屋敷に盗人がはいりましてござります」

「まことですか。それで、橘さまは」

「ご無事にござります。たいしたことではないので、矢背さまには知らせるなと仰せでしたが、それがしの判断でお伝えにまいりました」

盗人をみた者はいないが、寝所や居間に荒らされた形跡があった。妙なことに金目のものは奪われておらず、寝所の箪笥に仕舞ってあった書状が無くなっていたという。

「その書状とは」

「お家に代々伝わる家宝のように聞いておりました。ただし、書状の中身をご存じなのは、殿おひとりにございます」

「家宝を盗まれたということなら、さぞや、お困りでしょう」

「それがまったく。殿はにやりと笑い、盗まれたのは偽物じゃと、それがしに耳打ちなされました」

「なるほど。されど、偽物と知れたら、盗人はまた忍んでくるやもしれませぬぞ」

「殿もそう仰いました。されど、敵の狙いはわかったゆえ、だいじないと。殿は暢《のん》気《き》にそう仰いますが、それがしは心配でたまらず、何をおいても矢背さまにお知らせいたさねばと、さような経緯でまかりこした次第にございます」

神野にお辞儀をされ、蔵人介もお辞儀で返す。

「お訪ねいただき、痛み入ります。書状のことは、それがしから直にお尋ねいたしましょう」

「そうしていただければ、用人頭のそれがしとしても助かります。何せ、近頃はひとりで考えこまれることが多くなりました。殿のことが案じられてなりませぬ」

「防《ふせぎ》のほうはどうかよろしく。書状狙いの盗人ならまだしも、命を狙われぬともかぎりませぬからな」

「そのことも、申しあげておかねばなりませぬ。殿はその書状があるかぎり、命まで奪われることはないと仰せでした」

「ほう、書状があるかぎりでござるか」

それほど重要な書状ならば、すぐにでも駆けつけてみせてもらいたくなったが、神野としては、屋敷内が落ちつくまでしばらく待ってほしい様子だった。

蔵人介も今晩からは宿直で、明後日は神君家康公の月命日にあたり、公方家慶は寛永寺《かんえいじ》の東照宮《とうしょうぐう》へ参拝することになっている。毒味役として随伴《ずいばん》せねばならぬし、そのための仕度などもあるので、東照宮参拝の行事が終わってから屋敷へ伺うと、神野には約束しておいた。

五

二日後、寛永寺境内。

正面に建つ文殊楼《もんじゅろう》の甍《いらか》が、朝陽に照りかがやいている。

清水観音堂《きよみずかんのんどう》や大仏殿を囲む木々は紅葉しかけており、背後の不忍池《しのばずのいけ》からは鳥の鳴き声が聞こえてきた。

公方家慶の厳《おごそ》かな行列は、三橋《みはし》、御成橋、文殊楼と潜り、お化け灯籠のさきで左手に曲がって、深奥にある東照大権現宮へ吸いこまれていった。

神となった家康の月命日は、通例であれば千代田城内に籠もって精進潔斎《しょうじんけっさい》する慣習であったが、移り気な家慶は時折こうしてわざと慣習を破り、参拝に託《かこつ》けて気儘《きまま》な遊山《ゆさん》を楽しむ。

橘右近が側におれば、遠慮会釈のない口調で「お止めなされ」と諫言していたかもしれない。だが、今は諫言する老骨の臣下とておらず、家慶は大いに羽を伸ばしながらもどことなく物足りない様子だった。

乗りこむ駕籠は細い檜《ひのき》の薄板を網代《あじろ》に編んで貼りつけた溜塗惣《ためぬりそう》網代駕籠《かご》、黒塗りの太い担ぎ棒には葵の紋が金泥《こんでい》で描かれ、黒絹の羽織を纏った二十人もの陸尺《ろくしやく》によって担がれている。

随従する供侍の数は、さほど多くはない。

幕閣老中は水野越前守忠邦と土井大炊頭利位のふたりだけ、重臣たちは地位も役職もまちまちなので、一見すると、どういう基準で選ばれたのか把握しかねた。ただ、じっくり眺めてみれば、すべては忠邦の息が掛かった者たちにほかならず、忠邦の推進する「改革」の中核を担う連中であることがわかる。

二百俵取りの鬼役などはそうした枠組みから外れているものの、毒味御用という役目柄、公方の近くに侍《はべ》らねばならない。東照宮のなかで茶を呑むときも、移動の途中で喉を潤すときも、側を離れることは許されなかった。まことに厄介な役目を、蔵人介はほとんどひとりで担わされているのだ。

一行は東照宮へ参ったあと、庭に竹林をのぞむ根本中堂《こんぽんちゅうどう》に詣で、御本坊を通った奥にある将軍墓所へも参った。

御唐門《おからもん》を出て右手は一之御霊屋《いちのみたまや》、手前から第四代将軍家綱《いえつな》、第十代家治《いえはる》、第十一代家斉と三つの墓所がつづく。一方、御唐門の左手に広がる二之御霊屋には、手前側に第八代吉宗《よしむね》、向こう側に第五代綱吉《つなよし》とふたつの墓所が築いてあった。

すべての墓所へ参り、各々で僧侶が経をあげるあいだに、日はどんどん高くなっていき、昼餉の刻限が近づいた。

蔵人介たち毒味役はひと足先に行列を離れ、昼餉の膳が供される御本坊中奥へ戻らねばならない。公方に供される膳は豆腐や麩《ふ》を使った精進料理であったが、邪気を祓《はら》う酒も嗜《たしな》むほどには仕度されていたし、膳にはそれなりの肴《さかな》も並ぶので、城内に居るときよりも気を遣わねばならなかった。

もちろん、蔵人介に抜かりがあろうはずはない。

ただし、いつもとちがう居心地の悪さは否めなかった。毒味の段取りのみならず、小姓の手配りなどの細々とした雑事は、外出時はすべて橘がおこなってきた。橘の代役をつとめるのは平御側《ひらおそば》であったり、御小納戸頭取であったりしたが、やはり、段取りの悪さは如何《いかん》ともし難い。

気づいたのは、蔵人介だけではなかった。

当の家慶が不便を感じたのか、苛立ちを隠せぬ様子をみせた。

重臣たちが揃う昼餉の席で、しきりに爪を嚙みはじめたのだ。

「大権現様《だいごんげんさま》が憑依《ひょうい》されたかのようでござりますぞ」

忠邦に諫められ、家慶はついに不満を口にした。

「越前、おぬしのせいじゃ。余から爺を遠ざけたは、おぬしじゃからのう」

「恐れながら、爺とは橘右近どののことにござりましょうか」

「ほかに誰がおる。口喧《やかま》しい爺ではあったが、おらんようになると淋しいものじゃ。今食うておる精進料理の膳と同じよ。酒はあっても、はじかみはない。はじかみのない酒膳ほど、つまらぬものはなかろう」

倹約の励行《れいこう》を内外に遍《あまね》く知らしめるべく、忠邦は家慶の大好物である谷中《やなか》の葉生姜《はじかみ》を膳から除かせていた。そのことへの皮肉を込め、家慶は同席を許された重臣全員に聞こえるように言ったのである。

はじかみに喩えられたと知れば、橘は涙を流して喜んだにちがいない。

家慶はさらに、忠邦の神経を逆撫でするような余興を命じた。

命じられたのは、忠邦の隣に座る土井利位である。

「大炊、そなたは画を描くのが得手であったな」

「得手というほどのものではございませぬ」

「謙遜いたすな。着物の柄にもなった『雪華図説《せっかずせつ》』を著《あらわ》したではないか。のう、ひとつ余興を頼まれてくれぬか」

「はっ、どのような余興にございましょう」

「余に画を描いてくれ。一輪の花の絵じゃ」

「かしこまりました。して、花は何を」

「橘じゃ」

土井利位は小姓に細長い色紙と筆を持ってこさせ、さらさらと筆を走らせた。

家慶は仕上がった橘の絵を大いに褒め、昼餉が終わってからも小姓にずっと持たせてまわったのである。

忠邦が面目を失ったのは言うまでもない。

家慶にしてみれば、この程度の仕返しはしておきたかったのであろう。

橘の直訴に応じ、切腹を余儀なくされた長谷川桂馬について、家名だけは残すように指図した。にもかかわらず、忠邦によって言下に否定されたのだ。「幕府の定《さだめ》式《しき》にしたがえば、改易は免れませぬ。ここはひとつ、心を鬼にして徳川家頭領の威厳をおしめしくだされ」と説諭されれば、言い返すことばもなかった。

そのときの恨みを、稚拙《ちせつ》な方法であれ、家慶は晴らそうとしたのだ。

橘が知ったら「余計なことをしてくれた」と怒りつつも、家慶への忠誠をあらためて誓ったことだろう。

ともあれ、土井利位の描いた橘の画は、後世までの語り草となるにちがいない。

昼餉は無事に終わり、蔵人介は随伴する重臣たちに目を向けた。

なかでも注目すべきは、勘定奉行の久留嶋主馬にほかならなかった。

水野忠邦の子飼いであるかのように振るまい、呼ばれれば犬のように尻尾を振って近づいていく。

ふたりが厠のそばで交わす会話を、蔵人介は盗み聞きしてしまった。

耳で声を聞いたのではなく、遠目から唇の動きを読みとったのだ。

「上様のご信頼があれほどのものとは、正直、おもいませなんだ」

久留嶋は家慶が利位にやらせた余興を不思議がり、信じがたいことを口走った。

「されど、橘右近は今や俎板の鯉、いかようにも料理いたしますが」

「しっ、早まるでない」

忠邦は制する。

「すべては、御墨付《おすみつき》を奪ってからじゃ」

ふたりのやりとりを聞き、蔵人介はぴんときた。

橘屋敷に潜入した盗人のことが脳裏を過《よ》ぎったのだ。

久留嶋は、なおも食いさがる。

「御墨付なるもの、まことにあるのでしょうか」

「ある。それゆえ、何人《なんぴと》たりとも、橘右近に手を出せなんだのじゃ」

聞き捨てならないやりとりの最中、予期せぬ邪魔がはいった。

「矢背どの、いかがなされた」

気配もなく迫った者に、後ろから声を掛けられたのだ。

はっとして振りむくと、相番の古坂大四郎が立っていた。

笑いながら喋りかけてきたものの、目だけは笑っていない。

古坂ごときに不審を抱かせてしまったのだろうか。

抜かったなと臍《ほぞ》を噛みつつ、蔵人介は持ち場へ戻った。

六

翌夕、橘右近は駿河台の屋敷を秘かに出て、かねてより懇意にしている浅草今戸《いまど》の『花扇《かせん》』へおもむいた。

蔵人介と用人頭の神野八百吉、それから用人のなかで一番の遣い手という稲沢幸《いなざわこう》四郎《しろう》が随行した。橘は駕籠に乗り、三人は菅笠をかぶって目立たぬように駕籠脇に従っていったが、目付筋に勘づかれたら一巻の終わりなので、さすがの蔵人介も緊張の色を隠しきれなかった。

橘がそこまでの危険を冒してでも足労したのは、志乃の点てた茶を呑みたいという一心からである。

志乃が茶会を催してくれると聞き、橘は小躍りするほど喜んだ。

しかし、鬱々《うつうつ》とした空気の漂う自邸には招きたくないし、御納戸町の矢背家へ向かえば隣近所に住む役人たちの目に触れる恐れがある。川沿いの閑寂とした場所に佇む浅草今戸の料理茶屋ならば、誰に気づかれることもなく、気兼ねなしに茶会を楽しめると考えたのだ。

表口では知った顔に出迎えられた。

おたまである。

遠山景元の間諜として長らく仕え、今は役目を辞して『花扇』ではたらいていた。不治の病を患った女将に代わり、見世の切盛りまでするようになったが、そもそも、遠山に頼まれて女将に引きあわせたのは、橘にほかならない。

おたまはすっかり艶っぽさを増し、蔵人介にも妖しげな笑みを送ってきた。若い稲沢などはしきりに恐縮し、はなしかけられても応じることすらできない。

「女将の調子はどうだ」

橘が水を向けると、おたまは顔を曇らせた。

「ご挨拶だけでもと仰いましたが、どうしても床を離れられなくて」

女将とは懇《ねんご》ろな仲だったらしく、橘は悲しみとも諦めともつかぬ表情を浮かべ、おたまの背にしたがった。

蔵人介も密談で何度か呼ばれたことがあり、建物の造作《ぞうさく》は隅々まで頭にはいっている。

ほかの客は、入れていないようだった。

催すのは茶会なので、酒肴《しゅこう》も賑やかしも必要ない。

茶頭《さどう》の志乃は、中庭をのぞむ離室《はなれ》で静かに待っていた。

纏う着物は鮮やかな江戸紫《えどむらさき》一色、蔵人介も目にしたことがない代物だ。

今日のために仕立てたとすれば、茶会に賭ける志乃のおもいが伝わってくる。

「やあ、これはこれは……」

橘は礼を言いかけ、ことばを詰まらせてしまった。

志乃は立ちあがり、身を寄せてみずから橘の身を支える。

「ご無理をなされますな」

「情けない。これでは、穴惑《あなまど》いの蛇《へび》も同然にござる」

「ふふ、あいかわらず、おもしろいことを仰いますなあ」

穴惑いとは、秋が深まっても冬眠せずにうろうろしている蛇のことらしい。

ふたりは笑いながら、萩の群棲する中庭へ降りていった。

侘《わ》びた数寄屋は、枝折戸《しおりど》の向こうにある。

従者の神野と稲沢は、離室で待機するように命じられた。

蔵人介だけが橘にしたがい、紅葉した木々の狭間を抜け、飛び石伝いに歩いて砂《すな》
雪隠《せっちん》のある待合いへ向かう。

「少しお待ちを」

志乃は仕度をするために消え、待っているあいだに蹲踞《つくばい》の水で手を浄《きよ》めた。

数寄屋《すきや》の扁額《へんがく》には「無常庵《むじようあん》」とある。

「無常迅速の無常じゃ。わしが名付けた。無常迅速とは、道元《どうげん》の唱えた禅語じゃ。人の一生など瞬《また》きのあいだのこと、そうであるなら、この今をだいじに生きよという教えじゃ。鬼役をつとめるおぬしなら、わかるであろう。それはな、いつなりとでも死ねる侍の覚悟を説いたことばでもある。良き死に場所を得たいものじゃ。納得して死ねる人生ほど、ありがたいものはないからのう」

胸に響くことばだが、何やら淋しくもある。

「仕度がととのったようじゃ。まいるぞ」

橘はさきに足を運び、躙口《にじりぐち》へ身を差しいれた。

蔵人介もつづくと、茶葉の香が仄《ほの》かに漂ってくる。

手狭な四畳半の間取りは、橘の好む又隠《ゆういん》であった。

主人はおらず、鶴首《つるくび》の茶釜だけが湯気を立てている。

下地窓《したじまど》が穿たれているものの、光に慣れた目には薄暗い。

水屋へつづく茶道口を左手にみながら、客畳に並んで正座する。

床の間に掛かった軸には、薄墨で枯れ木が描かれていた。
床柱の花入れには、何も生けていない。
奇妙に感じたのか、橘も小首をかしげる。
つぎの瞬間、音も無く茶道口の戸が開いた。
江戸紫の着物を纏った志乃が、悠然とあらわれる。
ふいにひるがえった裾模様をみて、蔵人介も橘もはっとした。
裾に描かれていたのは純白の五弁花、橘にほかならない。
上手に隠していたのか、さきほどは気づかなかった。
その橘こそが、花入れに生けられるべき花なのだ。
志乃は点前畳《てまえたたみ》に膝をたたみ、三つ指をついた。
「ようこそ、おいでくださりました」
静かに微笑み、茶釜の蓋を取る。
茶柄杓《びしやく》で湯を掬い、茶杓の櫂先《かいさき》に抹茶を盛った。
温めた楽茶碗《らくぢやわん》に湯を分けて注ぎ、茶筅《ちやせん》でさくさく泡立ててみせる。
さすが、侘《わ》び茶を究めた師匠だけあって、所作《しよさ》に一分《いちぶ》の隙もない。
咳払いひとつ躊躇われる静寂が流れ、橘の膝前へ黒楽茶碗がすっと差しだされた。

橋は茶碗を手に取り、ひと口に呑みほす。

「けっこうなお点前」

神妙に漏らし、茶碗の底をみつめた。

一粒の涙が落ち、釉薬《ゆうやく》のように波紋となって広がる。

敢えて語らずとも、志乃との思い出は尽きぬはずだった。

目を瞑《つむ》れば、若き日に抱いた恋情も甦ってくるのであろう。

あるいは、矢背家との因縁を回顧し、固い絆で結ばれていた矢背家先代の信頼におもいを馳せているのかもしれない。

涙を拭う橋に向かって、志乃はにっこり微笑んだ。

「これをしたためてまいりました」

差しだされたのは、細長い色紙である。

「和歌でござるか」

橋は色紙を手に取り、声に出して詠みはじめた。

「五月《さつき》待つ　花橘《はなたちばな》の香をかげば　昔の人の袖の香ぞする……こ、これは」

「詠み人知らず、古今和歌集にござります」

愛おしい相手と再会し、懐旧の情を詠んだ歌であった。

橋は何度もうなずき、溢れる涙を抑えきれなくなってしまう。

そして、どうにか涙が収まると、懐中から文筥《ふばこ》をひとつ取りだした。

「志乃どの、どうか、これをお預かりくだされ」

「それは」

「今はお聞きくだされますな。とき来たれば、お伝え申しあげる」

黒い文筥の表には、金泥で葵の紋が描かれていた。

蔵人介は、空唾を呑む。

水野忠邦の狙う「御墨付」にちがいない。

それほどたいせつなものを、何故、志乃に託すのか。

橋の抱える秘密を、蔵人介はすぐにでも覗いてみたい衝動に駆られた。

志乃は言う。

「寒い時季に耐えた花が春になって光を浴びて見事な花を咲かせるように、人もじっと耐える時季があってこそ実を結びまする。橋さま、けっして早まってはなりませぬぞ」

たいせつにおもっていた相手にみつめられ、橋は涙を拭わずにいられなくなった。

志乃は文筥を開けもせず箪笥の奥に仕舞い、いっさい、はなしに触れようともしなかった。

七

翌夕、蔵人介は中奥笹之間で夕餉の毒味を終え、相番ともども控部屋に移ったのち、さり気なく席を立った。

廊下を渡って御膳所裏の厠へ進み、建物側から死角となる物陰へ身を隠す。

日は落ちたばかりだが、厠の周辺は暗い。

闇の奥から、伝右衛門の声が聞こえてきた。

「奥医師の井出通亥を手懐《てなず》けた間者《かんじゃ》がおります」

「ほう、よくぞ調べたな」

「そやつも御小姓の控部屋に出入りしておったようで。小道具坊主が目にしておりました」

「控部屋に出入りしても怪しまれぬ者ということか」

「御小姓にかぎらず、中奥に役目のある者なら難なく出入りできましょう。たとえば、鬼役どのでも」

「この身でもか」

蔵人介は、うなずいた。

「たしかに、できぬわけではないな」

「じつは、ひとり怪しき者が」

そう言って、伝右衛門は顔を近づけてくる。

耳許で囁かれた名を聞き、蔵人介は眸子を剝いた。

「まさか、それはなかろう」

「証拠《あかし》はありませぬ。それゆえ、ためしていただけぬものかと」

「ためす」

できぬ相談ではない。

相手が返答に窮するような問いを投げかけるのだ。

あるいは、有無を言わせず、白刃を突きつけてもよい。

間者ならば、激しく抗うか、舌を嚙むかのいずれかだろう。

「気後れを感じておられますな」

「いや、そうではない」

顔をしかめたのは、部屋の畳を血で穢《けが》すことになるやもしれぬからだ。

伝右衛門は囁いた。

「できれば、裏で操る者の名を知りとうござります」

「難しかろうな。そやつがまことの間者なら、黒幕の名を吐くまえに舌を噛むにちがいない」

「ともあれ、よしなに」

それは密命かと問いかけ、蔵人介はことばを呑みこんだ。

今の橋に密命を下す権限はない。

蔵人介も伝右衛門も、橋を救おうとして動いているのだ。

「危うい橋を渡っているということか」

すでに、伝右衛門の気配は消えていた。

「くそっ」

めずらしく悪態を吐き、蔵人介は人気《ひとけ》のない廊下に向かう。

控部屋へ戻ってみると、相番の古坂大四郎が待ちかまえていた。

「矢背どの、遅うござったな」

「ちと、風にあたっておりました」

「おめずらしい。毒でも軽く啖いましたか。はは、戯れ言にござる。お役目も終わったことですし、たまには寛《くつろ》ぎませぬか」

知らぬあいだに、五合徳利と猪口が仕度されていた。

「肴《さかな》は径山寺《きんざんじ》、嘗め味噌にござる。御膳所でこんがり焦げ目を付けさせたゆえ、香ばしゅうござりますぞ」

いかにも怪しい。

厠の側で伝右衛門の囁いた名は「古坂大四郎」だった。

言われてみれば、家慶の寛永寺詣でに随行したときも、こちらの動きを見張っているような素振りをみせた。そもそも、小普請組で燻《くすぶ》っていたという以外、素姓をよく知らぬし、知りたいともおもわなかった。

先手を打って、毒でも盛る気なのだろうか。

それならば、乗ってみるのも悪くない。

「よかろう」

蔵人介は対座すべく、腕を伸ばせば届く間合いまで近づいた。

「嬉しゅうござる。たまには、この程度の息抜きも必要にござろう」

古坂は盃ではなく、ぐい呑みをふたつ並べて酒を注いだ。

「ささ、嘗め味噌をどうぞ」

猪口をこちらへ押してくる。

毒を仕込んだのは酒か、それとも、味噌のほうか。

迷っていると、古坂がぐい呑みを手に取った。

ちびりと、酒をひとくち呑む。

味噌か。

蔵人介は即座に察し、味噌を指先につけた。

ぺろっと、嘗めてみせる。

「ん」

わずかに、痺《しび》れを感じた。

袖で口を隠し、手妻のように舌から味噌を拭きとる。

古坂はじっとみつめているのに、気づいていない。

「うっ」

蔵人介は俯き、突如、胸を摑んで苦しがった。

「おや、どうなされた」

古坂は惚《とぼ》け、落ち着きはらった調子で問うてくる。

蔵人介が脂汗《あぶらあせ》まで垂らしてみせると、横から顔を近づけてきた。

「苦しゅうござるか。味噌に烏頭《うず》を混ぜたのじゃ。何故か、お教えいたそうか。おぬしの飼い主が、高転《こ》びに転けたからよ。ぬひゃひゃ、孤高の鬼役が苦しむすがたを、やっとこの目でみることができたぞ」

「……お、おぬしの飼い主は……だ、誰なのだ」

苦しい演技をしながら問うと、古坂はなおも顔を近づけ、臭い息を吹きかけてくる。

「冥土《めいど》の土産に教えてもよいぞ。水野越前守さまと言いたいところじゃが、わしの飼い主はその下じゃわい。されど、行く行くは万石大名に出世なされ、老中となられるお方よ」

「勘定奉行、久留嶋主馬か」

演技を止めて告げると、古坂は恐怖に顔を引き攣《つ》らせた。

狼狽《うろた》えながらも身を反らし、脇差の柄に手を掛けようとする。

蔵人介は逃さない。

がっと、喉笛を鷲摑みにした。

「ぬぐっ……ぐ、苦しい」

喉仏を摘まみ、指に力を入れる。
ぐしゃっと、軟骨が潰れた。
古坂は白目を剝き、顔面を畳に叩きつける。
後ろから抱きおこし、震える右手に抜き身の脇差を握らせた。
「やっ」
無造作に腕を折りまげるや、白刃の先端が腹に刺さる。
俯せにすると震えが止まり、古坂は屍骸となった。
蔵人介は血溜まりを避け、すっと立ちあがる。
「おぬしに聞くことは、もうない」
部屋から外へ出て、腹の底から叫んだ。
「どなたか、どなたかおられぬか。古坂大四郎が腹を切りましてござる」
小姓や小納戸がどやどや集まり、控部屋は上を下への騒ぎとなった。
だが、一刻もすれば、騒ぎは収束するであろう。
何事もなかったように役目はつづく。
公方の毒味役とは、そういうものだ。
一食たりとて、役目が滞ってはならない。

蔵人介にはちゃんと、そのことがわかっていた。

そして、橘右近という歯止めを失った今、みずからも敵の標的になったことがわかった。

ごく身近にいる相手に、細心の注意を払わねばなるまい。

蔵人介はみずからを戒めるべく、乱れた髷と襟元を整えた。

八

翌日の昼、蔵人介は秘かに駿河台の橘邸を訪ねた。

「伝右衛門が申しておったぞ。相番に引導を渡したそうじゃな」

「はっ。控部屋を穢《けが》してしまいました」

「詮方《せんかた》あるまい。向こうが仕掛けてきたのじゃからな。それにしても、おぬしを的に掛けるとは、敵もよほど焦っているとみえる」

「勘定奉行、久留嶋主馬の指図にござります。ここは、先手を打ったほうがよろしいかと」

「待て。久留嶋を誘い水に使い、水野さまが何か策を講じておるやもしれぬ。それを見極めるのが先決じゃ」

「はっ」

廊下が騒々しくなり、用人頭の神野と配下の稲沢が蕎麦《そば》を運んでくる。

「殿、新蕎麦にござります」

「おう、手にはいったか。ここに持て」

神野と稲沢は蕎麦の仕度をすると、遠慮して居なくなる。

蔵人介は橘と差しむかいに座り、ともに新蕎麦を啜った。

「蕎麦好きは長生きと申す」

橘はいつになく上機嫌で、陽気に蕎麦を啜りつづける。

「かの『医心方《いしんぼう》』にも記してあろう。『よく五臓の汚れを流す』とな。されど、新蕎麦は何と言うても香りよ。この香りがたまらぬ」

蔵人介も存分に香りを楽しんだが、屋敷に足を運んだのは蕎麦を食うためではない。

「わかっておる。文筥の中身を知りたいのであろう」

「御意にござります。お教えいただけますか」

「そのつもりじゃ。矢背家も深く関わるはなしゆえ、心して聞くがよい。そして、志乃どのにお伝えせよ。もっとも、すでに、ご存じやもしれぬがな」

橘は一拍間を置き、驚くべきことを口にする。

「文筥に納めてあるのは、大権現様の御墨付じゃ」

「神君家康公の」

「さよう」

徳川幕府開闢《かいびゃく》の折り、家康は格別に手柄のあった御側衆《おそばしゅう》のひとりに大名の地位を与えず、徳川家を未来永劫《えいごう》に亘《わた》って陰で支える役目を負わせた。重要かつ困難な役目を負わせるにあたって、みずからの筆になる御墨付を与えたのだという。

「『何人もかの家を侵すべからず』と、御墨付には記されておる。ほかでもない、それこそが橘家なのじゃ」

右近は橘家の八代目、初代は家康から「他家と結ばず、嫁取りをせず、市井から養子となるべき資質の者を探せ」と命じられた。そのことばを守り、橘家は代々、市井から養子を迎えてきたという。

「わしは名も無き浪人の末子《ばっし》じゃった。算勘の才と剣術が少しできただけの子でな、橘家の先代に拾われたは運が良かっただけのはなしじゃ」

蔵人介は身を乗りだし、一言一句聞き漏らすまいと耳をかたむける。

「大権現様の御墨付には『橘家は策をもって仕えよ』とある。そして『剣をもって仕える家と、間《かん》をもって仕える家を配下に置け』と、つづく。間をもって仕える家は、初代より替わっておらぬ。公人朝夕人の土田家じゃ。一方、剣をもって仕える家は、今は矢背家じゃが、初代から任じられてきたわけではない。橘家の四代目までは、吉良《きら》家が担っておった」

「高家《こうけ》の任にあった吉良家にござりますか」

「さよう。剣をもって仕える家は、当初、宮家との橋渡し役も担っておったがゆえのことらしい」

されど、今から約百四十年前の元禄《げんろく》十五年、吉良家はこの世から消えた。

「赤穂《あこう》浪士の討ち入りで消えたのじゃ。それゆえ、四代目は早急に替わりの家をみつけねばならなかった。そして、討ち入りから五年後の宝永《ほうえい》四年、ときの老中首座であった秋元但馬守喬知さまの推挙により、矢背家を引きあわされた」

ごくっと、蔵人介は唾を呑みこむ。

どうにも、喉が渇いて仕方ない。

矢背家は、何故、徳川家歴代将軍の毒味役を担うことになったのか。

志乃も教えてくれぬ積年の問いに、こたえが出ようとしているのだ。

緊張しないはずはない。

「おぬしも知るとおり、八瀬衆は長年に亘って延暦寺と境界争いをしておった。大きな潮目は、織田信長《おだのぶなが》公の下された裁定じゃ。のちに延暦寺を焼きはらう信長公は、八瀬衆の間諜能力を懼《おそ》れ、八瀬郷の特権をみとめる安堵状を与えた」

徳川の世になった当初も、後陽成《ごようぜい》天皇は八瀬郷の入会《いりあい》と伐採に関する特権を旧来どおりにみとめる綸旨《りんじ》を下した。にもかかわらず、境界争いは収束をみせず、延暦寺の公弁法親王《こうべんほっしんのう》が天台座主《てんだいざす》に就任すると、鋭い舌鋒《ぜっぽう》と金の力をもって幕府にはたらきかけ、八瀬衆を寺領および隣地から締めだす旨をみとめさせた。

「薪炭を生活の糧にする八瀬の民にしてみれば、裏山の伐採権を奪われることは死を意味する」

それゆえ、何度となく特権の復活を願いでたが、方針の転換をはかった幕府は取りあわなかった。

「ようやく決着をみたのが、秋元但馬守喬知さまが老中首座に就いたときじゃ」

延暦寺の寺領をほかに移し、旧寺領と村地を禁裏領に付け替えることで八瀬郷の入会権を保護するという見事な裁定を下したのだ。八瀬衆は恩に報いるため、秋元喬知を祭神とする秋元神社を建立し、毎年秋になると「赦免地踊り」と呼ぶ踊りを奉納するようになった。

「秋元但馬守さまは、綱吉公、家宣《いえのぶ》公と二代に亘ってお仕えし、江戸城三ノ丸の築城や寛永寺中堂の建立、地震で壊滅に瀕した江戸の復興に辣腕《らつわん》をふるわれた。綱吉公に講義をおこなうほどの博識をもって知られる名君にほかならぬ。されど、したたかなお方でもあったらしい」

八瀬衆の入会権をみとめる代償として、隠密裡に取引を持ちかけた。

「取引とはいったい、何でございますか」

「ふむ、それなのじゃ」

首長に連なる家の当主を江戸へ送り、徳川家を陰で支える役目を負わせよという中身であった。

「わが橘家に与えられた大権現様の御墨付は、歴代将軍への御遺言状にも明記され、代々、老中首座になられたお方への申しわたしとして受けつがれるべきものじゃ。それゆえ、秋元但馬守さまも吉良家なきあと、剣をもって仕えるにふさわしい家を探しておられた」

そして、矢背家に白羽の矢が立った。

「名誉なことであると同時に、迷惑なはなしでもあったろう。密約は但馬守と渡りあった八瀬の長老しか知らぬ。長老は墓場まで持っていったであろうから、故郷を離れざるを得なかった矢背家の祖先も、さぞかし面食らったに相違ない」

江戸へ連れてこられたのは、志乃の四代前にあたる矢背家の女当主であったという。

橘家の四代目に身柄を預けられ、徳川家への忠誠を誓わせられたのち、婿を取って一家を立て、将軍家毒味役の地位に就いた。

毒味役に就きたいと言ったのは、女当主であったという。

徳川家に仕える覚悟のほどをしめすべく、死と隣りあわせの役目を選択したのだ。

鬼を奉じる山里の民として、鬼の名が冠された役目を選んだとも伝えられている。

もちろん、それは表の役目で、裏にまわれば橘家の密命を果たす刺客の役目を負わされた。

「矢背家の婿となった者は、おのずと奸臣成敗の役目を担うようになった。裏の役目は家人にも漏らさぬようにと厳命されたがゆえに、やがて、八瀬衆の血を引く女たちは本来の役目を忘れていった。志乃どのも、おそらくは知らぬ。少なくとも、先代に教わってはおらぬであろう。じゃが、知ったところで、志乃どのは動揺すまい。これも宿命《さだめ》と受けいれ、さらりと受けながすことのできるお方じゃ。ゆえに、おぬしの口から折りをみて、教えてさしあげるがよい。そろりと、橘家の呪縛《じゆばく》から解きはなたれてもよいころであろうからな」

橘は小鼻をひろげ、決意の籠もった顔を向ける。

「蔵人介よ、巨悪とは何じゃ。巨悪とは『改革』の名のもとに政事を私《わたくし》せんとする者たちのことを言うのではないか。諸役人を欺《あざむ》き、民をも欺く。わしはな、水野越前守さまと刺しちがえる覚悟を決めた。わしが死ねば、橘家は名実ともに消える。それゆえ、本来は秘すべきことを長々と喋ったのじゃ。同じはなしを、間をもって仕えてくれた伝右衛門にもしようとおもう。たとい、橘家は滅びようとも、おぬしら二家は生きのこり、代々受けつがれてきた役目を全《まつと》うしてくれ」

「承服できませぬ」

蔵人介は、きっぱり言いきった。

「橘さまは徳川家のために、身を粉《こ》にして尽くしてこられました。このあたりで楽隠居していただきとうござります」

「ふはは、そうじゃな。楽隠居こそが、わしの夢かもしれぬ。千代もおることだしな」

「千代」

「そうなのじゃ。神野がお望みなら手放してもよいと言うてくれた。それゆえ、あれを養女にしようとおもってな」

「であるなら、なおさら、お命を粗末になされてはなりませぬぞ」

「ああ、わかっておる。越前ごときに負けはせぬさ」

「その意気にござる」

「ふはは、言いよる」

蔵人介に鼓舞《こぶ》されたのがよほど嬉しかったのか、橘は目に涙を溜めて、ふたたび、蕎麦を啜りはじめた。

「のびておらぬぞ。さすが、新蕎麦じゃ、おぬしも食え」

「はっ」

蔵人介も箸を持ち、ずるずるっと蕎麦を啜る。

「美味いか」

「はい、美味うございます」

鼻の奥が、つんとしてくる。

山葵《わさび》のせいではない。

ふと、橘がじつの父親のように感じられたのだ。

不覚にも涙が零《こぼ》れそうになり、蔵人介は蕎麦を啜ってごまかした。

九

午後、御納戸町の家に戻ってみると、何やら物々しいことになっていた。

志乃は矢背家伝来の「鬼斬り国綱《くにつな》」を小脇にたばさみ、幸恵は重籐《しげどう》の弓を手に提げ、ふたりとも白鉢巻きに襷掛けという扮装《いでたち》で門脇に立っている。さらに、卯三郎や吾助までが殺気を纏い、門前を行ったり来たりしていた。

串部が蔵人介をみつけ、慌てふためいた様子で駆けてくる。

「殿、困ったことになりました」

「どうした、合戦でもはじまるのか」

「戯《ざ》れておる場合ではござりませぬ。今ほど、義弟の市之進どのが使いを寄こされましてな。もうすぐこちらへ、筆頭目付の鳥居耀蔵が配下をしたがえて参じるとのこと」

「用件は」

できるだけ平静を装って問うと、門脇から志乃が凜然と応じた。

「茶会を催したことが漏れたらしい。おおかた、橘さまの近くに間者でもおるのであろう。逼塞の咎《とが》を受けた重臣に接するは不届き千万、事実かどうかの確認をしたいとのことじゃが、やつらの狙いは文筥の中身に相違なかろう」

「ふうむ」

蔵人介は黙りこむ。

水野忠邦と手先どもは、なりふり構わず本性を剝きだしにしはじめた。何としてでも、橘右近という老骨の忠臣を潰しておきたいのだ。

逆しまに考えれば、橘の逆襲を恐れている証拠でもあろう。

志乃はつづけた。

「上のことはようわからぬが、人は権力を持つとまわりがみえぬようになる。生じてくるのは、慢心と驕《おご》りじゃ。そして、抗う者は誰であろうと、潰しにかかろうとする。されどな、どのような手を使おうとも潰せぬものがある。それは良心じゃ。欲得抜きで人をおもい、家をおもい、国をおもう。穢れなき良心を抹殺せんとすることは、おのれを殺し、ひいては国を滅ぼすことにほかならぬ。蔵人介よ、水野や鳥居のごとき輩をのさばらせておいてよいのか。たとい、この身や家が消滅しようとも、江戸の真ん真ん中に命懸けで抗った武家のあったことを知らしめてやらねばなるまいが」

幸恵と卯三郎は、顔を紅潮させたまま微動だにしない。

吾助などは感極まり、眸子を真っ赤にさせている。

蔵人介は志乃をみつめ、返すことばを探していた。

「あっ、捕り方がまいります」

串部が四つ辻を指差した。

蔵人介は志乃のもとへ駆けよる。

「養母上の仰せはよくわかります。されど、抗えば敵の思う壺、挑発に乗ってはなりませぬ。ここはひとつ、それがしにお任せを」

大きく両手を広げ、志乃たちを強引に門の内へ押しこむ。

そこへ、陣笠姿の鳥居耀蔵が大勢の配下とともにあらわれた。

「矢背蔵人介、目付のあらためじゃ」

蔵人介は門前に立ちはだかり、悠然と応じる。

「いったい、何のあらためにござりましょう」

「逼塞した重臣より預かり物があろう。それさえ素直に渡せば、これまでの数々の不届きは大目にみてつかわす」

「預かり物など存じあげませぬが。それに、数々の不届きとは、いったい何のことにござりましょう。ご返答によっては、容赦いたしませぬが」

ぐっと睨みつけると、鳥居は一歩退がった。

蔵人介が居合の達人であることを知っているのだ。

「おのれの胸に聞いてみるがよい。鬼役の分際で、隠密のまねごとをしおって。わしが知らぬとでもおもうておるのか」

以前、水野忠邦の密命とおぼしきものを、橘から下されたことがあった。

それゆえ、鳥居は、蔵人介が一介の毒味役でないことを知っているのだ。

「ともあれ、預かり物じゃ。渡さぬと申すなら、土足で家にあがらせるぞ」

「どうぞ、ご存分に」

ここは、ひらきなおるしかない。

門脇に退くと、鳥居が怒声を張りあげた。

「それ、者ども」

どっと雪崩《なだ》れこんだ連中が、はっとして足を竦ませる。

「やたぁ……っ」

鉢巻き姿の志乃が気合一声、薙刀《なぎなた》を振りまわしたのだ。

玄関に佇む幸恵は肘を張り、弓の空打ちを繰りかえす。

——びん、びん、びん。

そのたびに、捕り方どもは身を伏せた。

飛んでくるはずのない矢を、射掛けられたと勘違いしたのだ。

さらに、串部と卯三郎が奇声をあげ、真剣を打ちあいながら迫ってくる。

捕り方どもは冠木門まで後退し、一歩も前へ進めなくなった。

「どういうことじゃ。おぬしら、公儀に抗う気か」

鳥居は鬼の形相で唾を飛ばした。

蔵人介がさっと正面にまわりこむ。

「鳥居さま、あれは矢背家恒例の武術鍛錬にござります。けっして、抗っておるのではありませぬ」

「まことか、そうはみえぬぞ。ことに、薙刀を振りまわす老婆はのう。寄れば撫で斬りにされそうではないか」

「恐ろしゅうござりますか。ご存じかもしれませぬが、養母は伊達《だて》家や前田《まえだ》家など名だたる雄藩の奥向きへ伺候《しこう》し、薙刀の指南をしておりました。ついでに申せば、つれあいの幸恵は海内一《かいだいいち》の弓取りと評されたおなごにござる。半丁さきに飛ぶ雀の心ノ臓も射抜いてみせまする。そして、従者の串部なる者は柳剛流の臑斬りを得手とする遣い手にござりまする。土足で家に踏みこもうとすれば、それがしにも制する自信はござりませぬ。主のおらぬ臑だけが、三和土《たたき》に何本も並ぶやもしれませぬぞ」

「くうっ、厄介な連中めが」

「それがしが先導いたしましょうか」

「いらぬ。早う、あの者らを退けよ」

「かしこまりました」

蔵人介が振りむくと、志乃たちは阿吽《あうん》の呼吸ですがたを消した。

忸怩《じくじ》たるおもいであろうが、ここは隠忍《いんにん》自重してもらうしかない。

「掛かれ」

鳥居の合図で、捕り方どもが家のなかへ殺到した。

臑斬りを恐れたのか、みな、きちんと草履を脱いで廊下にあがる。

そして、半刻(一時間)ほどのあいだ、居間や寝所、仏間にいたるまで荒しまわった。

しかし、捕り方どもはどうしても、預かり物の文筥をみつけられなかった。

志乃が機転を利かせ、胸に巻いた晒布《さらし》のなかへでも隠したのだろう。

最初からこうなることを読んでいたにちがいない。

「おぬしらはいったい、何を企んでおる」

鳥居は捨て台詞を残し、門の外へ去りかけた。

そこへ、配下のひとりが近づき、耳打ちをする。

鳥居はこちらに向きなおり、口端に冷笑を浮かべた。

「駿河台の橘邸が燃えておるそうじゃ」

「えっ」

「ぬふふ、狼狽えたな。今日はこれくらいにしておこう。おぬしらに明日があれば、また、あらために来てやる」

鳥居の吐くことばなど、どうでもよい。

四つ辻から捕り方の影が消えると、蔵人介は反対側の辻に向かって脱兎のごとく駆けだした。

十

夕暮れの空は真紅《しんく》に燃えている。

しかし、それは炎ではなく、夕焼けにすぎなかった。

駿河台の錦《にしき》小路へたどりつくと、騒ぎは収まったあとで、火元になったのは橘邸の隣家であった。しかも、小火《ぼや》のうちに消しとめられたらしく、橘の屋敷も塀や壁が焦げただけに留まった。

とりあえず様子を窺うべく、表門を敲いてみたが、案内に出る者とていない。脇の潜り戸が開いていたので、蔵人介は屋敷の内へ身を差しいれた。

「うっ」

門番が血だらけで斃《たお》れている。

凶事か。

どくんと、心ノ臓が脈打った。

玄関脇から裏庭へまわると、惨状がひろがっている。

用人たちの屍骸が点々と連なり、そのなかには若い稲沢幸四郎もふくまれていた。

さらに、母屋《おもや》へ近づくと、用人頭の神野八百吉が刀を握った恰好で斬られている。

「……じ、神野どの」

袈裟懸けの一刀だった。

襲ったのは、よほどの手練にまちがいない。

おそらく、火事騒ぎに便乗したのだろう。

「うおっ」

蔵人介は吼えた。

「橘さま、橘さまは何処に」

廊下にあがり、寝所のほうへ駆けていく。

「あっ」

寝所のそばに、花色模様の着物がみえた。

「千代か」

喉を裂かれ、仰向けに死んでいる。

瞠った眸子は、虚空をみつめていた。

「そやつ、敵方の間者にござりました」

寝所の狭間から、耳慣れた声が聞こえてくる。

蒼白《そうはく》な顔をみせたのは、公人朝夕人の伝右衛門であった。

「御前は千代に毒を仕込まれたものの、胃の腑《ふ》の中身を無理に吐かせ、何とか命は取りとめました」

ほっと、蔵人介は安堵の溜息を吐く。

「おぬしが千代を殺ったのか」

「はい、成敗いたしました」

伝右衛門は、額に脂汗を滲ませた。

「どうした、怪我をしておるのか」

「……た、たいした傷ではござらぬ」

応じたそばから、がくっと片膝をつく。

蔵人介は素早く駆けより、傷を調べてみた。

処置は済ませてあったが、脇腹をかなり深く剔られている。

「誰にやられた」

「鬼役どのもよくご存じの」

「痩せ男か」

「いかにも。たったひとりで用人たちをたちどころに葬り、それがしとここで死闘を演じました」

「痛み分けということか」

「先方が刀を納めたのです。そうでなければ、止めを刺されておりました。理由はわかりませぬが、あやつめ、御前の命を奪わずに去りました」

伝右衛門はそこまで喋り、がくっと項垂《うなだ》れてしまう。

「おい、しっかりせい」

気を失っていた。

蔵人介の顔をみて、気持ちの張りが取れたのだろう。

畳に寝かせてやり、蒲団に横たわる橘のそばへ進んだ。

顔を覗きこむや、ぱっと目を開ける。

しんどそうに身を捻り、蔵人介の顔をみた。

「おぬし、来てくれたのか。神野や用人たちはどうした」

「ひとあし遅うござりました」

「……さ、さようか。伝右衛門がおらなんだら、わしもあの世へ逝っておったな」

橘の目線をたどると、転がった膳と食べ物が散乱していた。

嘔吐《おうと》物もぶちまかれ、酷《ひど》い臭いが立ちこめている。

蔵人介は躙《にじ》りより、畳に落ちた豆腐田楽を拾いあげた。

注目したのは豆腐や味噌ではなく、田楽刺しにする串だ。

「これは、夾竹桃《きょうちくとう》にござりますな」

枝を焼いた煙を吸っただけでも死にいたる、猛毒にほかならない。

「千代の仕業じゃ」

橘は吐きすて、悲しげな顔をする。

「抜かったわ。敵の手が、ここまでおよんでおったとはの」

千代が敵の間者ならば、志乃との茶会が目付筋に漏れたことも容易に説明できる。

盗人にみせかけて家探しをしたのも、千代であったにちがいない。

暗殺の命が下されたら、毒串で殺める段取りを考えていたのだろう。

それにしても、二十歳にも満たぬ娘を刺客に送りこむとは、敵もえげつないことをする。

「伝右衛門が、いまわに千代から聞きだした。指示を与えたのは、勘定奉行の久留嶋だそうじゃ」

「やはり、久留嶋でござりますか」

「いまわにそう言えと、本物の雇い主から命じられていたのかもしれぬ」

だが、千代が死んだ今となっては、それも邪推の域を出ない。

「すでに、久留嶋の罪状はあきらかじゃ」

痩せ男に斬られたとおぼしき勘定吟味役の三浦祐太郎が、悪事の数々が克明に記された記録帳を鎧櫃《よろいびつ》の奥に隠していた。それを妻女がみつけ、生前から親交のあった橘のもとへ届けてくれたのだという。

「大口の城普請や河川などの灌漑《かんがい》普請で、発注先の御用商人から久留嶋へ膨大な額の出金が渡っておった。公金の横領も同然じゃ。久留嶋は手にした金の多くを、みずからの出世のために使った。つまりは、幕閣のお偉方に公金がばらまかれたということじゃ。かようなはなしが許されるか」

もちろん、久留嶋が忠誠を誓う水野忠邦にも大金は渡っていよう。ただ、口惜しいことに、水野や鳥居の関与は証明できず、久留嶋主馬がすべての責を負わされ、蜥蜴《とかげ》の尻尾切りに使われる公算すら大きくなった。

橘は苦しげに半身を起こす。

蔵人介は背後にまわり、肩を支えてやった。

「すまぬな。すっかり、役立たずになってしもうたわい」

「何を仰います。毒が抜ければ、すぐに快復いたしましょう」

「用人もおらぬようになったわしに、もはや、できることは少ない。されど、あきらめたわけではないぞ。太田備中守さまは道醇《どうじゅん》と号して隠居なされたが、今もお慕いする幕閣のお歴々がおられるようでな、その筋からわしの復帰をはたらきかけていただけるそうじゃ」

「まことにございますか」

「ああ、道醇さまのほうから声を掛けていただいた。ありがたいことよの」

たしかに、ありがたいはなしだが、公方家慶に面と向かって訴えでもせぬかぎり、もはや、橘の復帰は叶えられそうになかった。

どのような大物が動こうとも、水野忠邦の権限ですべて潰されてしまうであろう。たとい、家慶が橘の復帰を望んだとしても、忠邦はさまざまな理屈を並べたてて阻もうとするにきまっている。

橘はあきらかに、崖っぷちまで追いつめられていた。

「明後日の夕刻、道醇さまのお訴えが上様のもとへ届いたか否かわかる。首尾《しゅび》よくいかぬときは、翌朝の四つに御城へ出仕する所存じゃ」

「えっ、まことに出仕を」

「それまでは伝右衛門の用意した隠れ家にでも隠れていよう。三日後に出仕となったあかつきには、大権現様の御墨付を携えてまいるゆえ、おぬしも内桜田御門前まで足労せよ。すでに告げたとおり、御墨付には『何人もかの家を侵すべからず』と記されておる。大権現様のおことばを軽《かろ》んずればどうなるか、諸侯諸役の面前で証明いたさねばなるまい」

いったい、何をどうやって証明するというのか。

たとえようもない不安に苛《さいな》まれつつも、蔵人介は平伏すしかなかった。

十一

三日後の早朝。

伝右衛門から連絡《つなぎ》があった。

予想どおり、太田道醇の訴えは公方家慶に届かず、動きを察知した水野忠邦に潰されてしまったらしかった。もはや、退路を断たれた橘の取るべき道はひとつ、大権現家康公の力を借りて、ひとりで闘いを挑むしかない。少なくとも、橘自身はそう考えているようだった。

「されど、どうやって挑まれるのだ」

蔵人介の問いに、伝右衛門は橘に代わってこたえてくれた。

「内桜田御門前で、捨て身の訴えをなさるおつもりです」

「捨て身の訴えだと」

「御墨付を掲げ、水野さまを駕籠から引きずりだすと仰せでした」

「何と、そこまでのお覚悟を」

橘は権力者にたいして正面から挑み、三つの条件を突きつける腹積もりだという。

「ひとつ目は、勘定奉行久留嶋主馬の罷免《ひめん》にござります」

勘定吟味役の三浦祐太郎が記した記録帳をもとに調べをおこなえば、久留嶋の不正は証明できよう。久留嶋を白洲に導くことができれば、多額の金銭を介した水野忠邦との蜜月ぶりも明白になり、ひいては忠邦を失脚へ導くことにも繋がる。そのことを期待しての要求であった。

「ふたつ目は、天保小判の鋳造停止にござります」

金の品位が低い天保小判を鋳造することで、幕府は品位の高い小判との交換差益を得ることができ、一時は台所が潤ったような錯覚に陥る。しかし、悪貨が世の中に溢れることで、米をはじめとする物の値段は吊りあがり、庶民の暮らしは逼迫《ひっぱく》する。金座の後藤三右衛門にそそのかされ、こうした悪政を推進することは許されないとする要求にほかならない。

「三つ目は、御刀番として不運な死を遂げた長谷川桂馬さまの忠心に免じ、長谷川家の安堵をはかることにござります」

今のままであれば、三河《みかわ》以来の旗本である長谷川家の改易は免れない。長谷川桂馬の行為は森園官兵衛の乱心によって余儀なくされたものであり、森園の乱心は橘を失脚させるために画策されたものであった。策を弄したのは久留嶋主馬にほかならず、背後で水野忠邦が糸を引いていた疑いも否めない。そのあたりもふくめて調べなおすことを要求するものである。

三つの条件が通れば、橘は喜んで身を引き、一介の浪人になる所存だという。

されど、到底、水野忠邦が呑むとはおもえぬものばかりだった。

「橘さまは仰いました。水野さまが呑まずとも、上様にご再考いただければよい。これは水野さまへの訴えではなく、最後のご奉公とも言うべき上様への諫言なのだと。願いをお聞き届けいただくために、是が非でも『何人もかの家を侵すべからず』と記された御墨付が要るのです」

蔵人介は従者の串部をともない、志乃や幸恵に送りだされて御城へ向かった。

志乃は橘の覚悟を知っても余計なことはいっさい口にせず、預かっていた文筥を黙って授けるとともに、玄関先で鑽火《きりび》を切ってくれた。

非番であるにもかかわらず、蔵人介は憲法黒の裃を纏っている。熨斗目《のしめ》を付けた着物は色鮮やかな江戸紫、朝陽を映して照り輝くすがたは息を呑むほどの美しさだ。

四つは近い。

西ノ丸太鼓櫓の太鼓が鳴れば、老中と若年寄が駆け駕籠で御門前へ馳せ参じる。

「殿、あれを」

串部の指差す方角から、伝右衛門が駆け寄せてきた。

「御墨付をお持ちいただけましたか」

「ふむ」

文筥を差しだすと、伝右衛門は恭《うやうや》しく受けとる。

「ご存じかとおもいますが、水野さまはいつも一番太鼓とともにご出仕になられます。矢背さまにおかれましては、御門より三十間（約五十五メートル）ほど離れて首尾をお見届けいただきますよう、御前からの言伝《ことづて》にござります」

「何故、三十間なのだ」

「いざとなれば、ひと駆けの間合いかと。それ以上は返答しかねまする」

伝右衛門は毅然《きぜん》と応じ、背を向けて風のように駆けていく。駆けていったさきに、白装束の老臣が待ちかまえていた。

「うっ、橘さま……」

かたわらの串部も、顎を震わせる。

「……や、やはり、腹を切るおつもりなのか」

刹那、出仕を促す太鼓が鳴り響いた。

――どん、どん、どん。

振りむけば、大路に土埃《つちぼこり》が舞いあがっている。

「殿、水越さまの駆け駕籠にござる」

道端から訴状を掲げた百姓たちが走りより、つぎつぎに跳ねとばされていく。

老中首座を守る供人たちは鉄壁の防禦《ぼうぎょ》を誇り、いかなる訴えも寄せつけぬ構えで御門前へ突進してくる。

蔵人介と串部も疾駆し、所定の場所へ移った。

三十間離れたあたりから御門を斜《はす》に窺えば、橘が白い盾となって仁王立ちしている。

丸眼鏡の奥にある眼差しは涼やかだが、口許は真一文字に結ばれ、揺るがざる意志の強さを感じさせた。

門番たちは注意もできない。

逼塞の身とはいえ、橘は四千石取りの御小姓組番頭なのである。

気軽にはなしかけられる相手ではなかった。

しかも、人を寄せつけぬ隠然《いんぜん》とした迫力を秘めている。

蔵人介の目でも、小柄であるはずの体軀《たいく》が何倍も大きくみえた。

何だ、何がはじまったと騒がしくなり、御門の内からはすでに出仕したはずの役人たちが戻ってくる。気づいてみれば、蔵人介と串部の背後にも、大勢の役人たちが人垣を築きつつあった。

反水野派と目される重臣たちも雁首《がんくび》を並べており、何と、最前列には太田道醇の顔まである。

みなが固唾《かたず》を吞んで見守るなか、水野忠邦を乗せた駕籠が怒濤《どとう》となって迫ってきた。

水野家の供頭らしき屈強な侍が、ひとり突出してくる。

「邪魔でござる。退きなされ」

橘はいっこうに動じず、道標のごとく立ったままだ。

「退かねば斬るぞ」

供頭が腰の刀を抜こうとする。

橘は懐中に手を入れ、文筥を取りだすや、高々と掲げてみせた。

「葵の御紋が目にはいらぬか。文筥の中身は、大権現様の御墨付ぞ。頭が高い」

「へへえ」

供頭は迫力に気圧《けお》され、おもわず地べたに平伏してしまう。

背後の駕籠は足を弛め、常よりも御門から離れたところで停止を余儀なくされた。

水を打ったような静けさのなか、橘の声が朗々と響きわたる。

「それがしは御小姓組番頭、橘右近にござる。水野越前守忠邦さまに訴えたき儀これあり」

駕籠の内から指図でもあったのか、供人たちが鬼の形相でばらばらと駆けてくる。

蔵人介も串部も身構えた。

橘を排除しにかかるようなら、斬りこまねばなるまい。

「あいや、待たれい」

橘は供人らを制し、駕籠に向かってはなしかける。

「それがしを排するは、大権現様のご意向を蔑《ないがし》ろにいたすも同じ。ここには大権現様の御霊《みたま》がおわす。御霊を無視して、通りすぎるおつもりか。さあ、駕籠から出ませい。大権現様のご意向を伏してお聞きになるがよい」

かたりと、駕籠脇の戸が開いた。

白足袋が草履を探り、水野忠邦がゆっくりすがたをみせる。

照り柿色の裃を纏い、頭には侍烏帽子《えぼし》を付けていた。

鼻下の薄い泥鰌髭《どじようひげ》が、いかにも賢《さか》しげな官吏《かんり》にみえる。

忠邦は黙然と歩を進め、白装束の橘と対峙した。

そして、怒りを押し殺した声で喋りかける。

「大権現様を盾に取るとは恐れ多いことじゃ。されど、長年の忠勤に鑑《かんが》み、訴えとやらを聞いてつかわそう」

「ご寛大なおことば、恐悦至極《きようえつしごく》に存じまする。されば」

と、声音を一段跳ねあげ、橘はあらかじめ決めておいた三つの訴えを朗々と述べた。

いずれも、遠巻きにする者たちが仰け反って驚くような内容にほかならない。

橘の訴えが終わった途端、周囲にどよめきが起こった。

おそらく、噂は噂を呼び、城内じゅうを駆けめぐることだろう。

公方家慶の耳に伝わるのはまちがいなく、それこそが橘の狙っていたことかもしれなかった。

忠邦は冷笑すら浮かべ、嘲《あざけ》るような口調で言う。

「それらの訴えを呑めと、本気で申しておるのか」

ふたたび、周囲はしんと静まった。

「おぬしは逼塞の禁を破った不届き者、何を訴えたところで戯言《たわごと》にすぎぬ」

「あくまでも、三条件は呑めぬと仰せにござりますか」

「くどい。呑めぬにきまっておろうが」

「詮方ござりませぬな。呑めぬと仰せなら、武士の意地を通すまで」

「腹を切るのか。ふん、わしにはったりは通用せぬぞ」

「はったりではござらぬ」

張りつめた緊張の糸が、今しも切れんばかりになった。

橘はその場に正座し、裃を左右の手で払いのける。

さらに、襟元を弛め、皺腹《しわばら》を晒してみせた。

「橘右近、老骨の身なれども、心底から徳川家のいやさかを祈念いたしまする」

懐剣を抜き、白刃に奉書紙を巻きつける。

「蔵人介、介錯せい」

凛然と発するやいなや、懐剣を逆手に握って腹に突きたてた。

「あっ」

忠邦も周囲の者たちも声を漏らす。

蔵人介は前屈みになり、猛然と駆けよせた。

すでに、橘は懐剣を横一線に引きまわし、一度抜いた血だらけの切っ先を臍下《せいか》に刺しこむや、縦に引きあげようとしている。

「……むぐ、むむ……く、蔵人介……は、早う……た、頼む」

これ以上、苦しませておくわけにはいかない。

蔵人介は、腰の鳴狐を抜刀した。

「ぬえい……っ」

前歯を剝き、一刀のもとに斬りさげる。

――ばすっ。

朝陽の煌めきが光の粒となり、白い裃のまわりに鏤《ちりば》められたかにみえた。

橘右近の壮絶な最期は、かならずや、家慶の耳に届くはずだ。

水野忠邦が蒼白な顔で近づき、屈んで文筥を拾いあげる。

「陰で支えねばならぬ家が、表に出てはならぬ。表に出たときは消えるとき、それを知らぬはずはなかろうに」

忠邦はひとりごち、老臣の最後を惜しんでみせた。

そして、気を取りなおし、周囲に向かって叫びあげる。

「この御墨付は紛《まが》い物じゃ」

文筥の蓋を開き、中身の書状を取りだすや、大胆にも衆人環視のなかで破り捨てたのである。

さすがの蔵人介も、ことばを失った。

紙吹雪が舞うなか、水野は歩いて内桜田御門に向かっていく。

役人たちの人垣が、さあっと左右に分かれた。

もはや、老中首座の出仕を阻む者はいない。

蔵人介は俯き、ふと、気づいた。

橘の襟元から、色紙が覗いている。

拾ってみると、古今和歌集の歌が書かれてあった。

「五月待つ　花橘の香をかげば　昔の人の袖の香ぞする」

茶会で志乃が贈った歌だ。

これだけは、身に着けておきたかったのだろう。

涙で霞《かす》むその歌を、何度となく詠みかえす。

何やら、途轍《とてつ》もなく虚しかった。

おのれはいったい、どうすればよいのだ。

蔵人介は途方に暮れた。

十二

数日後。

勘定奉行の久留嶋主馬は、安房守《あわ》の官名を得たうえに家禄五千石を増加される運びとなった。

理由は下総《しもうさ》国印旛沼《いんばぬま》開拓への尽力《じんりょく》などとされたが、右の開拓事業は始まったばかりである。あと少しで万石大名をも狙える異例の出世を遂げられたのは、水野忠邦の意向が強くはたらいたからにほかならない。

結果だけをみれば、橘が筆頭に挙げた条件は果たされなかった。

家慶の耳には伝わっていたはずなのに、黙殺された恰好だった。

老骨の忠臣が命懸けで伝えようとした訴えを聞くよりも、そつなく幕政を仕切る人物の言い分をみとめたのだ。

ふたつ目に訴えた天保小判の鋳造も、あいかわらず、中止される気配はない。

ただし、三つ目に挙げた長谷川家の家名を安堵する件だけは、再考するようにとの指示があった。長谷川家が改易を免れれば、橘の死も無駄ではなかったということになろうが、蔵人介はどうにも納得できなかった。

平常《ふだん》どおりに出仕してはいるものの、役目に身の入らぬ日々がつづいている。

それに、橘という盾がなくなった以上、いつ何時、矢背家に不幸が舞いこんでこぬともかぎらない。橘との濃密な関わりを知る水野や鳥居が、このまま放っておくはずもなかろう。

今は嵐のまえの静けさなのだ。

公人朝夕人の伝右衛門も、同様に感じていた。

ただ、幸いにも「間をもって仕える」土田家の存在は、敵方にまだ明確に知られていない。それゆえ、伝右衛門は闇に紛れ、さまざまな動きをしてみせることができた。

「御前の密命をお持ちしました」

窶《やつ》れきったすがたの伝右衛門が御納戸町の家にあらわれたのは、橘が腹を切った五日後の夜であった。

「密命とな」

「はい。もしや、世迷《よま》い言《ごと》とお思いですか」

橘が死の直前、言いつけた命だという。

「伝えるのが遅くなりました」

今日まで気持ちの整理がつかなかったのだろう。

いかに、冷静かつ冷酷な公人朝夕人であっても、長らく仕えた主人の死を容易には受けとめられぬはずだ。

「して、密命とは」

「申すまでもなく、久留嶋主馬の暗殺にござる」

「さもあろうな」

「やりたくないと仰るなら、それがしがやり申す」

「水臭いことを抜かすな。これが橘さまへの最後のご奉公になろう。きっちり、片を付けて進ぜようぞ」

「はい」

わずかに歯切れの悪さを感じ、蔵人介は鋭く指摘した。

「的に掛ける相手が水野さまでなくて、おぬしは口惜しいのであろう。わしとて同じ気持ちだ。されど、橘さまは、それを望んでおらなんだようにおもう。水野さまは権謀術数《けんぼうじゅっすう》を弄《ろう》するお方だが、私利私欲で動く奸臣ではない。すべては徳川家によかれとおもってやっていることと、橘さまは信じたかったのではあるまいか」

「仰るとおりかもしれませぬな」

「われらの役目は、邪智奸佞の徒を成敗することだ。無論、久留嶋主馬は奸臣にほかならぬ。したがって、引導を渡すことに一毫《いちごう》の迷いもあってはならぬ。橘さまならば、そう仰せになったであろう」

「されば明夕、お越しくだされ」

「何処へ参ればよい」

「道三堀《どうさんぼり》の銭瓶《ぜにかめ》橋北詰めへ」

「承知」

伝右衛門は去った。

蔵人介はひとり部屋に籠もり、面を打ちはじめる。

——がつ、がつ。

鑿《のみ》で木曾檜を削れば、あらゆる雑念は消えていく。

面打ちをはじめたのは、いつのことであったか。

忘れもせぬ。

今から十数年前、長久保加賀守《ながくぼかがのかみ》の密命で人を斬った翌晩のことだ。

斬らねばならぬ理由も告げられず、素姓もしかとはわからない。

ただ、悪人であることを信じ、無我夢中で相手を斬った。

暗殺御用という役目に戸惑いがあった。

罪深さも感じていた。

爾来、面打ちは死者を弔う儀式となった。

悪党の血で穢れた身を浄めんがために面を打つ。

おのれの業《ごう》を削《そ》ぎおとさんとして、鑿をふるうのである。

密命をもたらす者が若年寄の長久保加賀守から橘右近に替わっても、蔵人介は人を斬るたびに面を打った。経を念誦《ねんじゅ》し、鑿の一打一打に悔恨《かいこん》と慚愧《ざんき》の念を込め、心の静謐《せいひつ》を取りもどすようにつとめてきた。

今宵はちがう。

鎮魂《ちんこん》の気持ちを鑿に込め、一心不乱に削りつづけるのだ。

荒削りを終えたら鑢《やすり》をかけ、本来は漆《うるし》を塗って艶《つや》を出さねばならない。膠《にかわ》で溶かした胡粉《ごふん》を表に塗り、裏には漆を塗って仕上げるのだ。しかし、漆を塗る工程は省かざるを得なかった。

ふと、痩せ男のことをおもいだした。

「あやつも同じだ」

罪業《ざいごう》を隠したいがために面を付け、別人になろうとするのだろう。されども、別人になることはできない。

面はおのが分身、心に潜む悪鬼の乗りうつった憑代《よりしろ》なのだ。

気づいてみれば、いつのまにか夜が明けていた。

「できた」

どうにか形になった面は、眦《まなじり》の垂れた大きな眸子を持ち、おもいきり食いしばった口をしている。

魁偉《かいい》かつ滑稽味のある閻魔顔こそ、蔵人介が好んで打つ武悪《ぶあく》面にほかならない。

やがて、約束の刻限が近づいてきた。

蔵人介は武悪面を懐中に仕舞い、誰に見送られることもなく、たったひとりで家を出た。

十三

日没は近い。

満々と水を湛えた道三堀は、銭瓶橋のさきで外濠に注ぎこむ。

伝右衛門は、橋の南詰めで待っていた。

橋を渡ったさきには御勘定所があり、日没とともに、勘定奉行の久留嶋主馬が帰宅の途につくはずであった。

「武悪の面を打ったのですか」

と、伝右衛門は尋ねてくる。

蔵人介はうなずいた。

「橘さまの御霊を、憑依させようとおもうてな」

「ならばきっと、密命は果たせましょう」

「ふむ。すべて終わったら、おぬしはどうする」

「しかとは考えておりませぬ。されど、痩せ男に斬られた傷が、どうにも疼《うず》いて仕方ないのです」

「やるべきことは、まだ残っていると言うのか」

「瘦せ男と雇い主の正体を暴いてみるべきかと」

「策を立てる御仁はおらぬ。それでも、やるのか」

「そこが思案のしどころですな」

辰ノ口のほうから、生温い風が吹きよせてきた。

「どうどうたらりたらりら、たらりあがりららりどう……」

聞こえてきたのは、怪しげな寿詞《よごと》だ。

「んっ」

蔵人介は身構えた。

「噂をすれば影とやら」

伝右衛門は、橋の北詰めに顎をしゃくった。

瘦せ男の面をつけた人影が、陽炎《かげろう》のように浮かびたつ。

「……ちりやたらりたらりら、たらりあがりららりどう」

前のめりになる伝右衛門を、蔵人介が押しとどめた。

「おぬしは病みあがりゆえ、わしに任せておけ」

瘦せ男は、ゆっくり橋を渡ってくる。

蔵人介も呼応し、銭瓶橋を渡りはじめた。

杏色の夕陽が釣瓶《つるべ》落としに落ち、川面は真紅に燃えあがる。

「勘定奉行を斬らせぬ気か」

問いかけても、返事はない。

「命じたのは水野さまか、それとも、金座の後藤三右衛門か」

「ふん、飼い主のおらぬ野良犬が、何をきゃんきゃん吠えておる。おぬしは気に入らぬ相手とみれば、片っ端から斬ってすてるのか。やってみるがよい。おぬしには、そうした鬼畜のごときやり口のほうが合っておるやもしれぬ」

蔵人介は意に介さず、問いを変えた。

「何故、矢背家の者を狙う」

「そこよ。おぬしが知りたいのはな。されど、秘密を知っていたやもしれぬ者は死におった」

「橘さまのことか」

「そうじゃ。あやつなら、わしと矢背家の因縁を知っていたやもしれぬ。されど、墓場へ秘密を持っていきおった」

「今、おぬしが言えばよい。因縁とは何だ」

わずかな沈黙ののち、痩せ男は笑った。

「ふふ、知らぬほうがよいこともある。おぬしとは、少しばかり長いつきあいになりそうだしな」

「待て。決着をつけぬ気か」

「つけようとおもうたが、興が冷めた。正直、幕臣同士の諍《いさか》い事など、どうでもよいのでな」

「久留嶋主馬を守らぬと申すのか」

「勝手にすればよい。されど、みくびってはならぬぞ。柳生《やぎゅう》新陰流の免状持ちらしいからの。ふは、ふはは……」

高笑いとともに、痩せ男はすがたを消した。

それと入れ替わるように、御勘定所の門から主従がすがたをみせる。

道三堀のほうにも、別の人影がみえた。

おそらく、下城の役人たちであろう。

蔵人介は、武悪の面をつけた。

辺りは徐々に暗さを増し、人影を闇に溶かしこむ。

あの世へ通じる陥穽《かんせい》が、ぽっかり口を開けていた。

武悪は静かに歩を進め、引導を渡すべき奸臣に近づいていく。

乗るべき駕籠を失ったのか、それとも、駕籠には乗らぬのか。

久留嶋主馬は左右に屈強な供をしたがえ、隙のない物腰で銭瓶橋を渡ってくる。

なるほど、言われてみれば、剣客のようではあった。

いずれにしろ、三人相手では分が悪い。

わずかに躊躇《ためら》ったとき、三人の背後に人影がふわりと舞いおりた。

伝右衛門である。

「ぬわっ、くせもの」

振りむいた供のひとりが倒れ、もうひとりも呆気なく頽《くずお》れた。

瞬く間にふたりを昏倒《こんとう》させ、伝右衛門はこちらに背をみせる。

蔵人介はその隙に駆けより、十間の間合いまで近づいていた。

久留嶋は振りむきざま、素早く刀を抜きはなつ。

「何やつじゃ」

誰何《すいか》され、蔵人介はこたえた。

「地獄の閻魔《えんま》にござる。御命頂戴つかまつる」

「おのれ、久留嶋主馬と知っての狼藉《ろうぜき》か」

「いかにも」
一瞬で間合いを詰め、蔵人介は鳴狐を抜刀する。
――きいん。
抜き際の水平斬りを弾かれた。
久留嶋は飛び退き、脇構えに刀を寝かす。
あきらかに、手練だった。
面の眸子、ごく狭い視線のさきで、久留嶋は足の拇《おやゆび》を軽く浮かせる。
つぎの瞬間、頭と腰の位置を変えず、するするっと間合いを詰めてきた。
刀を右横に持ちあげ、左足を踏みこむや、斜斬りに左拳を落としにかかる。
「やっ」
脇構えからの「猿廻《えんかい》」、新陰流の達人が使う技だ。
すかさず、蔵人介は反転し、勢いのままに首を飛ばそうとする。
「ぬっ」
鮮血が散った。
が、鬢を裂いただけだ。
ぱっと、ふたりは相青眼に構えなおす。

「つおっ」
鍔元に乗りかかるがごとく、久留嶋が小調子に打ちこんでくる。
わずかに身を沈めて刀を留め、こちらの体勢を崩そうとした。
「小詰め」という技だ。
蔵人介はこれを受け、すぐさま攻勢に転じる。
「くりゃ……っ」
相手も怯《ひる》まない。
打ちと受けが、めまぐるしく入れ替わる。
そのたびに、金音が響き、火花が散った。
——外すときは枯葉のごとく、振りおろすときは巨岩のごとし。
それが新陰流の要諦《ようてい》である。
久留嶋の太刀はふわりと触れた途端、ずんと重みを増す。
軽さと重さの極端なちがいが、拍子のずれを生じさせた。
蔵人介は何度となく、体勢を崩されそうになる。
崩されたら、あとはない。
斬られてしまうだけのことだ。

久留嶋は、すっと間合いから逃れる。

頬に流れる血を嘗め、三白眼に睨みつけた。

「そろりと、仕舞いにしよう」

刀を横雷刀に構え、爪先を躙りよせてくる。

順勢《じゅんせい》に双手《もろて》刈りを狙い、「山陰《やまかげ》斬り」を仕掛けるつもりなのか。

小詰めにたいして、「大詰め」とも呼ぶ技だ。

当然のごとく、勝つ気で掛かってくるはずだ。

勝ちたい気持ちが驕りに変われば、死を招くことになる。

「まいるぞ」

久留嶋は間合いを詰め、一歩長に斬りつけてきた。

切っ先がくんと伸び、武悪の面をまっぷたつにされる。

「くっ」

蔵人介は仰け反った。

面相があらわになる。

「おぬし、鬼役か」

「さよう」

「死ね、下郎《げろう》」
峻烈な一刀を受けるや、両手が痺れた。
久留嶋は身を寄せ、上から刀で押さえこんでくる。
文字どおり、大詰めにほかならない。
刹那、蔵人介は手の力を抜いた。
「あれ」
久留嶋が、たたらを踏む。
と同時に、蔵人介は柄の目釘《めくぎ》を指で弾いた。
愛刀の柄が外れ、八寸の仕込み刃が飛びだす。
――しゅっ。
鋭利な白刃が喉笛を裂いた。
「ぐは……っ」
久留嶋は血を吐き、ふらふらと歩きだす。
そして、欄干にぶつかり、道三堀へ落ちていった。
――ばしゃっ。
水飛沫が舞いあがった。

蔵人介は長々と息を吐き、鳴狐を黒鞘に納める。

「手こずりましたな」

伝右衛門が囁きかけてきた。

蔵人介は淋しげに微笑む。

ついに、終わったのだ。

何もかも、燃え尽きてしまった。

重い荷を背負ってとぼとぼ歩く者のように、蔵人介は銭瓶橋から離れていった。

十四

神無月《かんなづき》七日、仏滅。

今日は初亥、城内大広間にて玄猪《げんちょ》の祝いが催された。

往来物の本にも「御玄猪、大下馬《おおげば》篝火《かがりび》」とあるように、大手、内桜田の両御門には大きな篝火が焚かれ、諸大名は暮れ六つ（午後六時）まえに拝賀の登城をおこなう。万病退散と子孫繁栄を祈念し、公方家慶から餅が振るまわれるのである。

つつがなく祝儀が終わったのち、蔵人介は笹之間にて、家慶が夜の亥ノ刻（午後十時）に食べる餅の毒味をおこなった。

亥ノ子餅はただの餅ではなく、大豆、小豆、大角豆《ささげ》、胡麻、栗、柿、糖といった七種の粉を練りこんでつくる。それゆえ、練りこむ粉の段階から一種ずつ順に嘗めて毒の有無を探らねばならず、存外に手間の掛かる役目ではあった。

もちろん、蔵人介は容易に役目をこなし、今は薄暗い控部屋に端然と座っている。家慶は疾《と》うに亥ノ子餅を食べ終え、今ごろは寝所で寝息を立てていることだろう。

巷間《こうかん》では紅葉も見頃となった。

例年ならば品川《しながわ》の海晏寺《かいあんじ》へおもむき、紅葉狩りを楽しむところだが、とてもそんな気分ではない。

久留嶋主馬の死は病死とされ、さほど大きな話題にもならなかった。

勘定奉行がひとり居なくなっても、勘定方の役目に支障が出るわけでもなく、御勘定所では役人たちが平常どおりに忙しくしている。

一方、幕閣の様子は判然としない。水野忠邦がどれだけの痛手を受けたのかも、腹心ともいうべき久留嶋の死についてどこまで調べるつもりなのかも、笹之間に座っているだけではわからなかった。

もしかしたら、すでにこちらの動きを察し、新たな刺客を送ったのかもしれぬが、すべては邪推の範囲でしかない。

蔵人介は、痩せ男のうそぶいた台詞をおもいだしていた。

――おぬしとは、少しばかり長いつきあいになりそうだしな。

矢背家と因縁があるようなことを口にし、橘右近がその秘密を知っていたかもしれぬとも告げられた。

いずれにしろ、ただの刺客ではなさそうだ。

吾助の語った「能面居士」の逸話も気になるし、機をみて志乃にはなしを持ちかけ、記憶をたぐってもらうべきかもしれない。

ただ、志乃は橘の死を悼み、今は喪に服している。

しばらくは、そっとしておくしかなさそうだった。

蔵人介にしたところで、心にぽっかり開いた穴をどうやって埋めようか悩んでいる。尾頭《おかしら》付きの骨取りに没頭しても、腕が折れるほど木刀を振りつづけても、不安を消しさることはできなかった。

そういえば、伝右衛門はどうしているのだろうか。

ふと、襖のほうに目をやると、ことんと何かがぶつかったような音がする。

立ちあがって歩みより、襖を開けてみた。

投げ文が落ちている。
拾って開けた。
――子ノ刻、御用之間。
と、か細い筆で書かれている。
伝右衛門の筆跡ではなかった。
心ノ臓が早鐘を打ちはじめる。
橘がいるはずのない御用之間へ、何者かが導こうとしているのだ。
「どうする」
躊躇っている暇はない。
子ノ刻は近づいていた。
後ろ手に襖を閉め、暗い廊下に一歩踏みだす。
もしかしたら、これが地獄への一歩になるかもしれない。
無論、いつもとは心持ちがちがう。
三十畳敷きの萩之廊下にたどりつくと、さきへ進むのが恐くなった。
嫌な汗を掻きながらも御渡廊下を進み、御小座敷のそばまで達する。
見廻りの小姓にみつかれば、死を覚悟しなければならない。

今までもそうであったが、今夜はあきらかにちがう。

待っているとすれば、死神以外には考えられなかった。

薄暗い廊下のさきは上御錠口、銅壁の向こうは大奥である。

蔵人介は廊下の途中まで進み、ふいにすがたを消した。

どうにか楓之間へ、忍びこむことができたのだ。

一寸先もみえぬ暗闇へ、震える爪先を踏みだす。

床の間まで進み、しばらくじっと動かずにいた。

軸の脇に垂れた紐を引けば、芝居のがんどう返しさながら、壁はひっくり返るにちがいない。

だが、そのさきに待っているものへの恐怖があった。

えい、くそっ。

胸の裡で悪態を吐き、力任せに紐を引いた。

――ぐわん。

壁がひっくり返る。

隠し座敷には、誰もいない。

橘がいつも座っていたあたりに、有明行灯がぽつんと灯っていた。

光の輪のなかに、細長い花入れが浮かんでいる。
花入れに挿してあるのは、一輪の白い花だ。
跫音《あしおと》を忍ばせ、近づいてみる。
花は本物の橘であった。
かたわらに、細長い色紙が置いてある。
――季節外れの橘一輪、千紫万紅《せんしばんこう》を償いて余れり
と、書かれていた。
公方家慶の筆跡にまちがいない。
「まさか、上様が」
橘の死を悼み、花を手向けたとでもいうのか。
驚くと同時に、疑念が生じた。
それにしても、誰が仲立ちとなったのであろうか。
御用之間にも、壁一枚隔てた楓之間にも、人の気配はない。
だが、何者かの意志は感じられた。
橘に代わって、密命を与えたい者がいるのだ。
しかも、家慶に近しい者でなければ、これだけの芸当はできまい。

「いったい、誰が……」

蔵人介は、純白の五弁花をみつめた。

「……どうか、教えてくだされ」

眸子をじっと瞑《つむ》り、橘右近の魂魄《こんぱく》に問いかけた。

光文社文庫

文庫書下ろし／長編時代小説

寵《ちょう》　臣《しん》　鬼《おに》役《やく》 二十三

著者　坂《さか》岡《おか》　真《しん》

2017年12月20日　初版1刷発行

発行者　鈴木広和
印　刷　慶昌堂印刷
製　本　ナショナル製本

発行所　株式会社 光文社
〒112-8011　東京都文京区音羽1-16-6
電話 (03)5395-8149　編集部
8116　書籍販売部
8125　業務部

ISBN978-4-334-77577-3　Printed in Japan

組版　萩原印刷

鬼役メモ

※ページ内側にあるキリトリ線で切って、備忘録にお使い下さい。

キリトリ線

キリトリ線

鬼役メモ

画・坂岡 真

※ページ内側にあるキリトリ線で切って、備忘録にお使い下さい。

鬼役メモ

画・坂岡 真

※ページ内側にあるキリトリ線で切って、備忘録にお使い下さい。

キリトリ線

キリトリ線

鬼役メモ

画・坂岡 真

※ページ内側にあるキリトリ線で切って、備忘録にお使い下さい。